大洞河游

中国人民政治协商会议重庆市武隆区委员会 主编

陕西新华出版
陕西旅游出版社
·西安·

图书在版编目（CIP）数据

诗意大洞河 / 中国人民政治协商会议重庆市武隆区
委员会主编． — 西安 ： 陕西旅游出版社，2022.5（2024.11重印）
ISBN 978-7-5418-4171-2

Ⅰ．①诗… Ⅱ．①中… Ⅲ．①散文集－中国－当代
Ⅳ．①I267

中国版本图书馆CIP数据核字(2021)第263122号

诗意大洞河　　中国人民政治协商会议重庆市武隆区委员会　主编

责任编辑：晋枫森
出版发行：陕西新华出版传媒集团　陕西旅游出版社
　　　　　（西安市曲江新区登高路1388号　邮编：710061）
电　　话：029-85252285
经　　销：全国新华书店
印　　刷：三河市兴国印务有限公司
开　　本：787mm×1092mm　　1/16
印　　张：14.375
字　　数：195千字
版　　次：2022年5月　　第1版
印　　次：2024年11月　　第2次印刷
书　　号：ISBN 978-7-5418-4171-2
定　　价：69.80元

▲深谷探幽（唐春光 摄）

大洞河乡赋

周鹏程

　　渝之东南，武隆高岗。西南一角，大洞河乡。旧邑永顺，共和铁矿。五易其名，洞天福藏。东邻白马，南接黔壤，西连南川，北望乌江。巍巍大娄山迤逦，天地玄黄；滔滔大洞河奔腾，宇宙洪荒。二水交汇，大洞吞波水无迹可寻，谓为神洞瞿航；三村并存，高峡吐翠鸟有声堪闻，誉称水墨画廊。

　　观乎是域之风光，秀丽多姿，万千气象，与高山之美相得益彰。君不见二十余里峡谷秘境，嶙峋峭壁，彩石河床。叹一泓清波来何从，去何方，蛟龙穿越石敢当；望两岸青山如巫峡，似瞿塘，猴猿攀越重叠嶂。赵云山乃大娄余脉，群山如涛涌，鹤立猫鼻梁。

雾岚似锦，花朵芬芳；流云如瀑，晨夕霞涨。风车曼舞，划破穹苍，更有千年杜鹃添锦绣，姹紫嫣红满山岗，世界奇葩展雄姿，千年阔柄称作王。大佛岩平地兀起，三面壁立，北坐南向。一尊天然佛像栩栩如生，刻摩于千米山梁，慈眉善目，耳听八方，与南川金佛对望。穆杨沟田园之盛景，牧歌绝响，梯田盘错，石墙民居，山野清香。炊烟袅袅，流水潺潺，蝉鸣鸟叫，鱼游蛙潜，又一幅富春山居样。复有焦王寨传说，武隆四大名寨，声名远扬。鸡尾雄山，巍峨苍茫，腹内宝矿，阅尽沧桑。昔有焦赞孟良，劫富济贫，穆杨降服保宋，立功塞外边陲。当地百姓，立寨显彰，念兹敬王，绝世无双。

　　呜呼，峡深谷险，索桥晃荡，悠悠岁月，何其昂扬。林密隐身，居此仙境忘掉世上诸多繁杂事；山高清凉，住这桃源享尽人间万寿无疆福。不横看，不纵比，大隐隐于市，是乡之美，笔墨岂可尽之，洋洋哉，大洞河之风光也！

　　喜看今日之大洞河，三村居民，神采飞扬，幸福来临，红宝耀光，百胜锣响，家运恒昌，四千儿女，开来继往。秉勤劳苦干之本色，"拔穷根"；乘乡村振兴之巨浪，"共富强"。绝决乎，如战沙场。易地移民，喜庆一方，旧貌换新颜，幸福指数往上涨。产业发展，欣欣向荣，乡村搞旅游，生活品质如歌唱。曾经苦不再苦，而今好百代好。上下齐心，不遗余力，千方百计，再创辉煌。建山庄于绿林，云蒸霞蔚，花木芬芳，天路相连，瓜果飘香。载歌舞于广场，人山人海，彩龙飞翔，喜笑颜开，恩泽泱泱。旅游热土，宾朋纷至，又是何等壮观也！

　　赞曰：

　　纳凉绝佳，避暑天堂。天生物华，深闺素妆。

　　诗画天质，山水苍苍。心归乐土，何须茫茫。

公元二〇二一年岁次辛丑七月

▲大洞河大峡谷（王俊杰　摄）

序

　　山川之美，古来共谈。

　　大洞河乡，一处山水秀丽、民风淳朴的"深闺"乡域，一个神秘雅致、诗意萦绕的清纯美地。新中国成立前属武隆永顺镇，新中国成立后，1951年设为共和乡，1953年从其辖区分出5个村，建立和平乡，是为共和、和平两乡，1956年和平乡又并回共和乡，1984年改名铁矿乡，2016年改为现名，现辖3个行政村，共1279户3911人。

　　大洞河乡位于重庆市武隆区的西南角，毗邻重庆市南川区水江镇、贵州省遵义市道真县三桥镇和本区的白云乡、赵家乡，距武隆城区65千米，距重庆主城区135千米，距渝湘高速水江收费站30千米、白马收费站40千米。全乡辖区面积62.7平方千米，林地面积68408亩，森林覆盖率高达80%；海拔400米～1948米，年平均气温12.4℃，夏季平均气温25℃。境内峡谷喀斯特地貌独具特色，被游客誉为诗画美景。

　　这里，是山清水秀的生态原乡。山高谷深、奇峰异岩的独特地貌，营造了秀丽迷人的原乡美景。境内群山屹立，峰峦叠嶂；峡谷险峻，丹霞如画；溶洞雄奇，湖溪清秀；林木繁茂，云雾缭绕；绿色乡村，生态氧吧，藏山水之胜，蕴人文之美，是锦绣如画的"世外桃园"。

　　这里，是乡愁文化的演化中心。散见的遗址遗迹，质朴的民风民俗，律己的村规民约，透出原汁原味的乡土文化气息。地质公园、古老索桥、记录着悲

▲穆杨秋韵（张晓伙　摄）

喜交集的矿事春秋；沧桑古道、村落遗址、石墙民居、风情小镇，承载着古朴厚重的地域文化；乡土风情、礼仪民俗、传说故事、民歌民谣，展现着清纯恬美的原味乡愁。

这里，是绿特产品的富集之地。独特的地形地貌，孕育和滋养了极为丰富的自然资源，盛产玉米、薯类、杂粮、茶叶、药材、林果。特色水果打造农业园区，野生天麻引火乡野美食，圆桶蜂蜜成为品牌标志。

这里，是旅游度假的康养福地。山清水秀、天蓝地绿、空气清新，最休闲度假、运动健身、养身养心之地。森林草场、奇峰异谷、溶洞天坑，让"观养"更多彩；乡村民宿、乡野美食、农事体验，让"住养"更闲适；文化广场、登山步道、健身设施，让"动养"更增值。可避暑消夏，也可寄情山水，肆意享受返璞归真的慢生活。

这里村村有景点，处处有看点。特别是此地的喀斯特地貌，美不胜收。大洞河峡谷险峻奇秀，赵云山阔柄杜鹃花团锦簇，大佛岩法相庄严，穆杨沟田园民居古朴整洁，焦王寨传说彰显忠孝侠义。每临一次，就是一回身心的自然沐浴；每住一晚，就是一场与大自然的深入交谈。

人们迷恋这幅天然山水画，水软山温、谷幽瀑秀、花红柳绿。美术家来到峡谷洞门，云雾缭绕，墨笔丹青，如行云流水绕素笺；摄影家爬上山顶，日出日落的金光洒向群山，快门咔嚓的声音此起彼伏；作家诗人走入农家田舍，勤劳互助的故事，婆媳和睦的佳话，讲得婉转动情，听得人眉欢眼笑。群山，储藏了鸟语花香；阡陌，延续着纯朴厚道。都市的喧嚣，在农舍屋檐下可按下暂停键；工作的重负，乡间田埂便能提供解压药。

▲渝黔界岭（唐春光 摄）

脱贫攻坚战打响后,大洞河乡以公路为主的基础设施建设进入快车道,如今,全乡东北西三面有 5 条公路与外界连接,渝湘高速复线隔河而过,若白云匝道口开通,到乡政府仅 10 千米左右路程。

　　近年来,区政协积极开展扶贫助推行动,区委党校扶贫集团倾情帮扶大洞河,各方力量吹响脱贫攻坚集结号,以生态旅游康养为抓手,唱响"春可游山赏花、夏可休闲纳凉、秋可爬山摘果、冬可登高赏雪"的四季歌,乡村旅游、休闲度假产业方兴未艾,绿色发展、旅游扶贫成果丰硕。公路已成网、产业已成势,人居环境得到根本改善,人民生活节节高。昔日"穷山恶水",如今绿水青山。大洞河乡正蓄势待发,依托建设"渝东南武陵山区文旅融合发展示范区",以"风情小镇·绿色康养"形象定位,以康养旅游为突破,以农旅融合为动力,以乡村振兴为载体,以文化提升为抓手,改善基础设施,打造文旅小镇、特色村落,加快融入"双城经济圈"和"一区两群"。

　　区政协和党校扶贫集团在助力大洞河乡抓好康养旅游产业发展的同时,注重加强旅游文化建设,组织编写了这部《诗意大洞河》。该书内容翔实,图文并茂,较为系统地介绍了大洞河乡的自然风光、历史文化、民风民俗,融知识性、可读性和实用性为一体。我们相信,此书的出版发行,必将为人们认识大洞河、了解大洞河发挥积极的作用。

《诗意大洞河》编委会

白马神光

一切都是最好的安排
苍山，云海，隐隐的哒哒哒的蹄声
一轮红日踏着红云扬起红鬃骑着一匹红骏马
来了

来了！白马山的日出
上苍之手加持过的日出

我全身披挂着光芒、火焰、海水和星辰
内心又经历了好大的一场激流
一场澎湃

（文/傅天琳 图/唐春光）

幽谷春情

一条小河
绿成大山的诗
披着暖暖的曙色
从峡谷的昨晚度到今晨
出落为皱褶深处旖旎的风景
滴滴闪光的露珠
轻拍着翅膀的山燕
和悬崖上耀眼的红杜鹃
都在河水淙淙的歌声中穿行
风摇响树的风铃
化作一曲动听的童谣

（文／王明凯　图／任恒权）

远山听雾

天上有云　峡里有雾
云雾之间的一道界梁
让你睡眼惺忪地看不清楚
让你神思迷乱地想不清楚

千年杜鹃林
趁机匍匐着遮盖过来了
悠悠大风车
就势比画着旋转起来了
无意中掩盖了一些秘密
无意中袒露了一些秘密

传说中滴雨为界的雨呢
经天上的云和峡里的雾
跑上跑下地一搅和
就分不清哪边是故乡哪边是他乡了
就分不清哪里是天上哪里是人间了

（文/向求纬　图/唐春光）

圆虹炫彩

把美得让人心醉的蔚蓝装点
枝杈变得异常神秘
如海洋的空间装得下整个蓝天
却装不下一丝杂念

黑暗褪去
物象隐身
上天赐予人类的美
我们没有理由践踏

（文 / 杨辉隆　图 / 唐春光）

水墨仙境

那些线条：
苍劲的线条、涩滞的线条
流动而斑驳的线条
来自亘古的岩石，来自时间的皱纹

那些墨色：
凝重的墨色、淡雅的墨色
弥漫而缭绕的墨色
化为空中的烟云，渲染无尽的幻象

以天地为画卷，绘就一幅
人间仙境
用以安放，爱与美、梦想与希望
用以安放，我们不安的灵魂

（文/唐力　图/唐春光）

穆杨烟云

你那么强烈地跳进眼里
我柔软的梦怎能不搁浅
春天的种子保持一种姿势
烟云穿越大地
往事滞留沉默的梯田
一件一件依次凝固

从人间长出的传说
不知道是何年何月
演绎成穆杨沟绝美的绿
如果允许我放逐理想
我愿每一天在绝美的绿里
升起炊烟

（文／周鹏程　图／任恒权）

桃源空谷

阳光蛰伏。它们小心翼翼地
躲在空谷之上
你的深渊缄默如故。

你遁世时饮下的鸟鸣
汇聚成溪流和潺潺往事。
你用云团种下的绿
抓紧千仞绝壁和画外风雨。

没有更陡的悬崖和更大的暴雪了
这一山的寂静
积淀着你深深的怅然和忧思。

（文 / 吴沛　图 / 王俊杰）

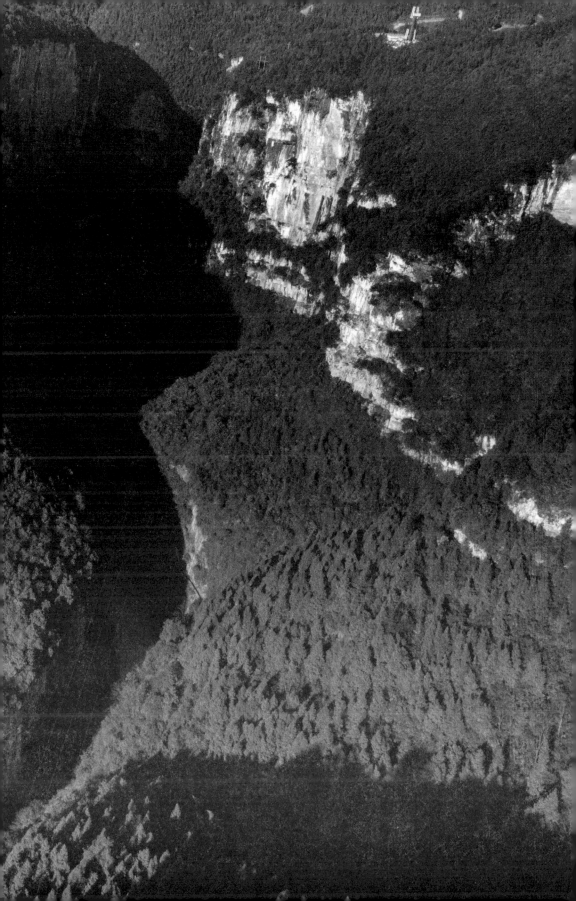

花舞千年

你的王子骑着冰雪来了，又走了
留下一片云海，像他的背影
又像是一件信物。而你守在山上
像春天最后的笑容

你是仙子，只能活在仙境，活在云海里
你得守着少女的梦想，守着千年的承诺
你知道，等到秋风扫净山坳
王子又将归来

（文／王淋　图／王俊杰）

目录 contents

神秘大洞河

相信有一天
鲜衣怒马的你
会同我一样，从风中赶来
在这空旷的洞河里
用兴奋的目光
洞见苍穹那一抹亮光
洞见绝壁倒挂金钟的花朵
洞见溪水中塑成音符的剪影
在眼眸中酝酿红日
当粗重的呼吸丰富为旋律
心情就会随脚下的河流
一起涨潮

（文／王明凯　图／唐春光）

鬼斧神工　山水旖旎

苍岩古洞，水隐烟云；深峡幽谷，山河绿染。因为一个古洞，命名一条河流。大洞河，虽久藏深山、鲜有人知，但却是一处诗意盎然的风景——河是一道峡，峡是一条河。不到此地，你或许永远都不会知道，大自然竟能这般神奇，山水还能蜿蜒出如此秘境。

大洞河位于大娄山腹地，横亘在重庆市武隆区与南川区相邻的群山中。喀斯特地貌彰显大自然的神力，以天地之功，行山水变奏。亿万年的天然雕琢形成了峰峦叠嶂、峡深谷幽、峭壁如画、野趣十足的地质奇观，成为一处神奇壮丽的水墨秘境。

千年的迂回，万年的迤逦。发源于穆杨沟的大洞河峡谷，流程约 12 千米，经石梁河入乌江。它一路聚山泉小溪，集洪波微雨，穿山越岭，形成一道山水相映的"诗画长廊"，在崇山峻岭间留存了一段属于岁月的柔美记忆。从空中看，这幽深的峡谷地缝如一道逶迤的绿色"长城"，更像是一个大写的"Y"字。两条支流张开双臂拥山入怀，抱出一方锦绣如画的山水。

"双崖倚天立，万仞从地劈。"大洞河以其诗意的风姿，伴着暮雨斜阳，氤氲水光山色，春夏婉转着虫鸣，秋冬演绎着浪漫。青峰夹峙的万千气象、空山幽谷的泉水浅唱、烟云缥缈的凝重山色，不知凝结了多少悠远绵长的旖旎与梦幻。那些摇动翠色的峰峦、婀娜多姿的岩溶、流光溢彩的钟乳、直插云天的绝壁、飞珠溅玉的飞瀑、绚丽夺目的彩石……永远都是大洞河峡谷山光水色中最纯净的注脚。

走进大洞河峡谷，就走入了惊艳而静美的诗章。当然，这里最让人惊艳的，要数扮靓峡谷的四绝奇观：洞河秘境、龙田金辉、"岩画"奇观、索桥春秋。

第一绝：洞河秘境

相约水流东，怅惘千万年。大娄山痴情地等候，换来的不过是两条小溪头也不回地相携"跳"崖，气势磅礴，震耳欲聋，这样的景致，震撼了多少游客！

这是一处神秘而奇特的地质景观。大洞河从穆杨沟逶迤而来，龙田沟从白云山曲折而至，天地开阔处，两条河流交汇于一片平坦的河滩，然而马上便被一堵围墙——山阻断了河流前行的道路。令人惊奇的是，不知是流水冲蚀的作用还是自然造化，河流以东、绝壁之下，呈现出一处如巨龙张口的喀斯特地貌的岩穴。奔腾的河水直入"龙嘴"后被吞进"龙肚"，但闻水声，不见水踪。进入岩穴，别有洞天，大洞底部藏有暗河。暗河入口形如漏斗，虽被乱石填埋，留下不规整的石缝，但石缝中水流直下，水花飞溅，水声盈耳，蔚为壮观。大洞河也因此而得名。

洞河到底有多深、藏有多少待解之谜，无人敢探，不得而知。据当

▲洞河秘境（唐春光　摄）

地人讲，之前，大洞暗河很宽阔，峡谷两岸农人可进洞捞鱼。传说有打鱼人在洞内意外发现过岩壁"蜈蚣"（人称雷公虫），而被吓死。更玄乎的说法是，洞口原办有炼铁厂。有一年，两位铁厂员工用火药枪射杀蟒蛇，一夜折腾之后，大洞暗河就变成了现在的模样。

褪去传说故事的神秘面纱，大洞河神奇依旧。首先，这洞近乎无底，吞吐能力惊人。在大山阻挡面前，两条河流相约，一起钻进深不足20米的岩洞。河水从岩缝钻进岩层，辗转前行。无论春夏还是秋冬，不管涨水还是枯水，岩洞从不会堵塞。其次，大洞暗河究竟有多长，在岩层里究竟转了多少弯，无从知晓。据说有人做过探测，在上洞口撒上谷糠，结果三天三夜才从出口流出。近年，也曾有探险者进洞做过探寻，但也无功而返。

但不管怎么说，这奇特的喀斯特地貌，是令人震撼的自然遗产。在千万年的演化中，它讲述着悠悠岁月，孕育着美丽传说，留存着绝色美景。一处大洞，万千财富。就连陡峭的崖壁、含香的草木，也充满了瑰丽而唯美的色彩。

山外有远方，寻路几千重。面对大山的围困，两条溪流聚力同行，一路向东，哪怕前路坎坷，仍义无反顾。惊艳了一方山水，澎湃了一种精神。

第二绝：龙田金辉

当彩石的风韵惊艳了河道，当龙田的斑斓迷醉了日光，当钟乳的苍苔覆盖了流年，山光水影之间，发现，原来龙田沟不只是驴友的天堂。

从暗河洞口溯流右行，是黄亮如金的龙田沟峡谷，它如一条翠色长龙，盘踞在大山的褶皱里，留下一处迷离的风景。早年，上游煤矿排泄浑黄的硫黄水，把满沟河床侵蚀成浓重的橙色。尤其在阳光下，清澈的河水从橙色的卵石上流过，就会闪烁着金子般的光彩，因而，龙田沟又被誉为"黄金谷"。

岸上有时光，石上有流岚。峡谷两岸壁立千仞，青峰连绵，林木葱茏，野藤悬垂，以"幽、奇、险、趣"被驴友们称道。那雄浑的山势、奇峻

▲多彩黄金谷（王俊杰 摄）

的峰峦、高耸的岩壁、凌空的巨石、飞泻的瀑布、欢快的溪流，张扬着一种得天独厚的纯美与恬静。

赏玩幽谷野趣须赤足踏浪，曲折迂回，在惊险与刺激中涉险滩、越碧潭、踩礁石、闯水帘。尤其在清风扑面的夏季，三五人结队入峡，在溪谷流金、乱花迷离的"红河谷"中踏浪。当哗啦啦的溪流被湿漉漉的水雾渲染，站在多彩而幽趣的河滩上，仰望被群峰裁剪的天空，看晨光倾洒崖壁、云彩点缀绿树，顿觉大自然的气息扑面而来，宁静、愉悦之感油然而生。

峡中观景，越往深处越唯美。随处可见的"一线天"，珠落玉盘的"滴水岩"，形态万千的钟乳石，充满诱惑的"喊鱼泉"，斑驳沧桑的古栈道，人头兽面的"石敢当"……奇趣龙田沟，展现着迷人的胜景。

"龙田"，是"黄金谷"最美妙的景致。入峡谷2000米，穿过"一线天"，再出"水帘洞"，眼前豁然开朗，斜阳倾泻，别有洞天。高耸的绝壁岩穴之下，一方静美的"梯田"如天然画卷，绿莹莹的水洼荡起圈圈涟漪，翠绿的田埂淌着涓涓细流，潺潺而下，流光潋滟。这样的景致真是美妙动人。

"龙田"总面积仅200多平方米，由12块大小各异的石田层叠而成。石田最大不过5平方米，最小不到1平方米。其实，它是由岩溶析出碳酸钙结晶沉积而成的钙化池。千百年来，它作为神灵的化身，一直存在于传说中。在靠天吃饭的农耕时代，于当地人眼中，"龙田"即"神田"，一丘田代表一个月。当地人以其田水之枯荣，自上而下定义12块"神田"，用来预测每月的运势和庄稼的收成，甚至有人向"神田"膜拜祈福。

▲龙田钙池（唐春光 摄）

站在高处，俯瞰这藏于深谷的岩溶景观，虽无磅礴的气势，却有天上瑶池的神韵；虽无金沙铺地，却也绚丽多姿。那些钙质石积物生动自然、形态各异，或筲箕形，或枫叶形，或莲花形，或牛蹄形，或手掌形，层叠有致，奇趣中罗列着想象，沉寂下蕴含着力量。站在池边，沐浴清风，可以丢却烦恼，洗涤心灵，放空思想！

第三绝："岩画"奇观

花开花谢，猜不透水墨的意蕴；日出日落，读不懂山崖的色彩。在大洞河峡谷，内容各异、妙趣横生的"岩画"随处可见，透出令人震撼的美。这些神奇静美的"岩画"深藏于幽幽深谷中，仿佛恢宏的水墨巨作立于群峰之阳，也如雅致的天然画屏藏于深山峡谷。崖壁之上，灰白与黄褐相间，岩纹与瀑痕相连，老树与苔绿相生。经过岁月的打磨和沉淀，幻化出一幅幅栩栩如生的画卷，锦绣的山河、奔腾的骏马、翻滚的巨浪……大自然的鬼斧神工，令人叹为观止。

在这些"岩画"之外，还有许多画外之景：翠绿欲滴的山峰，恣意攀爬的藤萝，凌空跌落的崖瀑，飞进飞出的山雀。沿着峡居人家的生活路标，穿越竹林夹道的山路或山花烂漫的梯子坎，走进乱石横陈的河滩，伫立在绝壁之下，看青山滴翠，望峭崖嶙峋，赏水天一色……

当然，更有韵味的是雨后初霁时，那一泻千里的飞瀑与变幻莫测的流云。飞流直下的瀑布仿佛青龙吐涎，激起一朵朵水花，飞溅在山间；

▲壁立千仞（唐春光 摄）

又似一匹银缎，自山石之间飘落下来。那些"岩画"，被点缀得更加秀美壮丽。

第四绝：索桥春秋

两山对峙双峰欲合，一桥飞架"彩练"当空。在大洞河下游，一座古朴的"腰站铁索桥"，横跨深谷之上。桥高约120米，长80米，宽1米。四根粗大的钢索固定桥身，混凝土浇筑的桥台和桥门立于两端，桥面铺装着密集的实木桥板，两层铁栏杆勾勒出优雅的弧线。锈迹的钢索、斑驳的桥板，诉说着索桥的沧桑岁月与古风遗韵。行走在桥上，如泛轻舟，看风景、沐清风，别有一番情趣。当山风来袭、雾霭升腾，站在索桥之上，看两岸山色旖旎、深谷岚烟缥缈、远处叠瀑纷飞，听桥下流水欢唱、竹林婆娑、鸟雀啼叫，不失为一件赏心乐事。

据记载，腰站铁索桥始建于1938年，公路通乡后被弃用，为大洞河与石梁河上难得的一景。当年孔祥熙收购涪陵铁矿厂，在鸡尾山下铁匠沟开采铁矿，靠人力将铁矿石背运到长坝镇，山路蜿蜒，于大元"腰站"处过河，悬崖栈道上，每天百十人上下穿行，于深谷中"蚁行"，不时有人跌落悬崖，于是，腰站铁索桥在这样的背景下得以建设，从此成为铁矿搬运工和当地老百姓进出大山的"交通枢纽"。1958年"全民炼钢运动"时，武隆全县抽调精壮劳力到铁矿乡运矿石，平均每天600多人肩挑背扛往来此桥，让寂寥的山谷成为鼎盛一时的大腰站。想一想横跨两岸绝壁间的这座随风起舞的索桥上，那运输队浩荡行进的壮观场面，是何等惊心动魄！

离铁索桥不远处是当年"腰站"遗迹。走过一段杂草丛生的羊肠小道，眼前是一片葳郁的竹林，两棵百年黄葛老树静静地挺立着。树荫旁，青石院坝、土墙黑瓦、断壁残垣上附着杂草与苔绿，如厚重的书页，斑驳着如烟往事。这是山里人曾经吃饭喝茶、"歇气""打尖"、解乏养神的驿站，它正以一种沧桑入骨的姿态，见证昔日繁华，在那些坚定的足印中，展望未来。

▲腰站索桥（任恒权 摄）

　　再向下游前行约 2000 米，远远就会看到一座披着红装的大型索桥，飞架在美景如诗的深谷之上。各种工程车在大桥上来回奔跑，新修的盘山公路在密林深处蜿蜒，给峡间平添些许热闹的气氛。来到索桥上，俯瞰与大洞河相伴的石梁河，顿觉心旷神怡，心胸开阔。

　　这是渝湘复线高速施工行车索道桥，跨径 245.5 米，宽 4.3 米，恒载 45 吨；用 21 根高强度钢绞线为桥索，外加 6 根稳定钢索；桥面板采用钢桥面板，以 U 型螺栓相连，桥体坚固而壮观，具有现代美，不失为深谷之上又一美景。（文／彭世祥）

游踪漫记

大洞河，紧一紧
腰身的大洞河

向求纬

我在山中生活、在山中行走，见过无数条山溪河流。源头的水从山上这里或那里浸出来，丝丝缕缕从岩隙、草坡、石缝汇拢来。几股、几十股、几百股汇成一大股，便形成小沟、小泉、小溪，潜入山洞，然后又从洞中出来，流向山间、流向山下。

武隆区大山深处的大洞河，本来在阳光下循规蹈矩地流着，在一道深深的

▲洞谷幽隽（唐春光 摄）

大峡谷间流着，却忽然和从另一个方向、另一道同样深的龙田沟流来的河水合成一个"Y"字的形状，撞到一起，在如刀削般的峭壁之下、在峡谷底部的乱石滩上撞到一起，猝不及防啊！同样远道而来的河水，同样清澈见底的河水，同样经历过大风、腾起过大浪、覆盖过浅潭、享受过水里鱼儿和岸边垂柳轻柔抚摸的河水，此时合在一起成一条河。还没回过神来呢，面前直立的壁岩上，一只黑洞洞的大眼睛（如果有工夫细看

那眼睛正在暗送秋波哩），早就向着峡谷望去，早就在迎接着两条河流了，这么迫不及待啊！

进来了，进来了，刚开始有些看不见河水，在阳光底下待惯了猛一下还有些不适应呢。待看清楚时，河水已漫过一条巨大的石鱼，然后如进入一只漏斗被纷纷筛落，感觉河水变得细碎了、轻柔了、清爽了、空灵了，东一缕西一股的，分散跌入一个山洞中。

　　河水流进的山洞呈漏斗形，外宽内窄，洞口高 20 米，宽 25 米，里边却越来越窄，有 1000 米长。到此河水就要暗中低一低头，紧一紧身，攒一攒劲，化整为零，之后重新组合，然后再出来，在天光之下开始新的流程。

　　大自然的创造真是神奇！那个漏斗形的大洞，将流进来的河水一一过滤干净，为大山留下了清澈见底的水。大洞的功能在这人迹罕至的闭塞荒野间已经算是奇观了。

那么，在这山险、水野、坡大、沟深的大洞河峡谷里，千百年来作为大自然主宰的人类该怎样活动，怎样行走？不打紧，悬崖半壁间有用石料铺成的"木栈道"、用石料搭成的"木梯子"。为什么无木却偏要用一个"木"字呢？我想其实很多地方早先应该是有木料的，可经年的日晒雨淋木料腐烂，而且一涨水，低矮之处的木料就被冲走了，于是先人干脆凿石路，因地制宜地修建了"U"形石梯路，在下游一段还架设了铁索桥。这样人们就可以在这 10 千米的大洞河峡谷里来来回回、上上下下地走了。上游 2000 米处的龙田沟，有 12 块石梯田（又是石头做的），恰似农家的水田。其实也不算是石头，是由水中的矿物质长期沉淀形成的，比农田更精巧、更实在、更管用。据说 12 块石梯田从下到上代表 12 个月份，犹如"晴雨表"，哪块田干枯就预示哪月会有旱灾，哪块田水满盈就表示哪月有涝灾。山民种地观天就看这 12 块石梯田，及时应对，合理安排，灵验得很。

其实这步步玄机处处皆奇的大洞河，还是这山间几处电站的动力之源，它实实在在地造福人类。虽然它藏在深闺人未识，但它其实早就想有所作为了！这不，你

▼秀美地缝（王俊杰　摄）

看它从源头流来，在这鲜有人问津的深山峡谷里恣意流淌着，流到两河交汇成"V"形的大洞处，一头扎进去，再猛然紧一紧腰身，接着又劲逮逮地钻出来。谁都知道紧一紧腰身是什么意思——那是整装上阵大展拳脚的序曲，那是抖擞精神提升元气的前兆。是啊，再不能散马无笼头地随处漫流了，再不能让奇山异水的大好风景白白浪费了，再不能枯水时节自个儿瘦下去、涨水时节自个儿胡乱涨起来了。山已至此，水已至此，到这儿好好思量一番，收拾行囊，吸气收腹，气运丹田，拦腰一根英雄巾一勒，瞧瞧，四平八稳按部就班的大洞河就加快节奏了，默默无闻沉寂千年的大洞河就兴奋起来了。

渝黔边界处的两道峡谷中的一条河，以及周遭连带的一小块版图，正精神抖擞地展示着它独特的风采！它流着，走着，等着……

（向求纬，男，生于 1946 年 11 月。系中国作家协会会员，任重庆市作家协会荣誉副主席）

大洞河峡谷**数石头**

|强 雯

　　水泥公路消失了。"雪铁龙"突然颠簸起来，尽管我坐在后座的中间，两边都是肉身"护驾"，我仍旧感觉到强烈的晃动。车窗紧闭，在前方玻璃狭小的视野中，看见如三斤兔子般大小的鹅卵石，长长地伸向眼前的裂谷。

　　说是裂谷，眼前看见的只是大洞河峡谷的两扇山门而已。

　　大洞河峡谷其实是白马山西麓的延伸处，在大洞河乡。大洞河乡过去叫铁矿乡，在重庆市武隆区西南。

　　武隆的喀斯特地貌在全国是排上号的，因为张艺谋的缘故，很难让人不知道武隆。连武隆的旅游公司名字也直接取名"喀斯特旅游公司"。

　　武隆人以喀斯特为傲，重庆以武隆为傲。

　　武隆的白马山当年是国共两党交战的地方，往事没有随风，这段历史为白马山增加了的旅游价值。穷是穷了些，但生态终究没被破坏，也算有弊有利。白马山的余脉在大洞河峡谷甩了一响。

　　近在眼前的山门迟迟未到。前面的车不知何故停了下来，我们也被迫停了下来。像所有用皴笔法画下的大山大壑一样，威严、苍翠、沧桑、高耸入天，让人不自觉的要停下来，赏山数石，又或是让自己看到人类的渺小。在这样的大山大壑面前一切尘事都可以忘掉。

　　鹅卵石圆润搁脚，没走几步路，脚底板就生痛。这跟走平地完全不是一回事。山门看着近，却费时。十余分钟后，好不容易拐过了山门，前面的路让人傻眼了，全是被浅水淹没的鹅卵石路，而且望不到尽头。正在犯愁时，有车迎面而来，说要接我们。

只能坐车。湿脚还是小事，摔倒骨折，那事就大啦。

这是11月，重庆的正秋时分，被浅水淹没的鹅卵石显出山水之地枯水期的特征。

"枯水已经很久了。"当地人说。在网上我见过大洞河峡谷的照片，说那里有峡谷石梯田。从照片看和四川的黄龙有一比。

▲谷深水长（唐春光 摄）

"怎么不修路呢？"我问。

"是打算修路的，但是这里河沙淤积太多，修了也会被冲垮，得修防护栏，需要的资金更多，所以就搁下来了。"大洞河乡马书记说。

马书记看上去40岁的样子。他说自己在大洞河乡已经待了10年了，来乡里工作之前，他还做过3年义务兵。他驾驶技术很好，车开在鹅卵石路上，如履平地。不一会儿，只看见山门来了一个，又来一个。众岭一字排开，野松长在腰际。我们安静地看着风景。10年时间，鹅卵石的数量大概都数得清楚的。

平安到达了目的地。马书记跳下了车，用手一指，前方是一个开阔的洞口，和颜悦色地道"去看看。"

那是溶洞。通往溶洞的还有一条河，河面上搭建着简易木栈道，大约20米长。竟然有人已经拄着竹棍出来了。这么快，我想。洞口有清亮的水，两条河水在这里交汇。

这是一个漏斗形大溶洞，河流经过溶洞暗处，再流入下游河谷，大洞河一名也由此而来。

虽然有暗河显示生命存在的可能，但人却无法进入洞内。只可见一不足10平方米的水塘，精巧、灵动。正在观察是否还有溶洞昆虫在此打秋千，忽然有人唤我，一转身，看见峡谷外的白云团团，俨然一幅浓郁的西洋油画。热情的生命力，旺盛、恣意。

中午时分，正秋的阳光洒落下来，河水灵动，反射出更热情的光芒。路上有散落的竹棍。

千山万壑在这里安于宁静。蹲下来，闭上眼睛，峡谷发出轻微的呼呼声。正午还很长，可以听一车大自然的情话。

脚痛消失了，鹅卵石还很多。数着进来，数着出去。从这里出发，走出峡谷的路还有十几千米。蟋蟀不怕人，继续吟吟欢唱。

（强雯，女，系中国作家协会会员，任重庆市渝中区作家协会主席、《红岩》杂志社编辑）

一条河流的"恋爱三部曲"

————————————————————————| 陈 益

一条狂野不羁的河，一个柔情蜜意的洞。河因洞而得名，洞因河而神奇。它们相濡以沫，它们鹣鲽情深，它们相依相偎，它们一起度过了千年沧桑。

也许，在远古时代，这条河与洞并不存在。也许是地壳的运动，造就了它们，并使它们从相识相知到相亲相爱。这种天造地设的爱情，是那么特立独行、独具神韵！这条河就是大洞河，这个洞就叫大河洞。

初恋，柔情浪漫。大洞河发源于大娄山山脉，流经崇山峻岭之后，到了武隆西南部一条原始幽深，全长12千米的大峡谷之中，它终于聚涓为河，浑身充满了力量。它带着原始的野性，像一匹脱缰的野马，奔驰而下，呼啸而来。峡谷中，因海拔高低形成的巨大落差，造就的蔚为壮观的峡谷景观，令它惊讶。岩壁上，因地势起伏和土壤厚薄而形成了不同的风景。刀砍斧劈的绝壁上，因年代久远和风霜雨雪的侵蚀，形成了或灰、或白，或黑，或黄，或蓝的颜色，它们纵横交错，构成了一幅幅十分精美的图案，也令它拍案惊奇。

峡谷中段的山坡上，有一片属于竹的海洋。毛竹最多，也最壮观，大概有千亩以上。毛竹高五六米，杯口粗细，歪斜生长，气势磅礴。箭竹和平竹各自组成自己的绿色方阵。箭竹高约3

米，它的叶片是大熊猫的最爱。箭竹主要生长在峡谷山腰，远望，郁郁葱葱。平竹高约半米，细而密，主要生长于石子夹土的边缘地带，它们密密麻麻，根连着根，手挽着手，极像卫士，护卫着山体，不让其滑坡或垮塌。峡谷的山顶由松树和柏树覆盖，在阳光的照耀下显得青翠碧绿，耀人眼目。这些景色，更让它心潮澎湃，心花怒放。

▲犀牛戏水（张晓伏 摄）

　　然而，更让它惊喜，更让它惊艳，更让它意想不到的是，它见到了让它迷恋的大河洞。这个洞，屹立于河床中段，隐藏于绝壁之下，不见其宽，不知其深，神秘莫测，充满诱惑。大洞河甚至连想都没想，便一头扎进了它的怀抱。也许是它太疲倦了，它需要休息，更需要爱抚。

　　大洞河与大河洞的爱情是一见钟情式的。它们从在洞口相遇的那一刻起，就一见倾心，情投意合，发誓要永远相爱相守；当它们携手并肩，一起生活后，天天耳鬓厮磨，浓情蜜意，整天沉浸在只属于它们自己的世界里，它们发誓要一生相随相拥。

　　热恋，狂野激荡。每当夏季汛期来临，大洞河河水猛涨，水位最高时可达五六十米。大洞河就像进入了发情期一样，它带着原始的野性，带着冲动的彪悍，凶猛地卷起滔天浊浪，它激情四射，汹涌澎湃，猛烈地扑向大河洞。而大河洞则不怒不惊，不畏不惧，它就像一位贤淑的妻子，理解酒醉后发酒疯的丈夫一样，它包容理解并深情款款地把它揽入怀中，

▼崖壁丹霞（王德强　摄）

让它很快静下来，很快安然入眠！这条河与这个洞究竟隐藏了多少秘密和玄机，至今无从知晓，无人能答。

当地村民听祖辈讲，曾经有位村民，将半箩筐谷糠壳倒进神秘的河洞之中，三天之后才在另一边出口处发现糠壳。可以想象，大河洞有多深和多长。大洞河水在洞穴之中又经历过什么曲折奇妙的故事，这也许是它们夫妻共同要保守的秘密。不想让人看，不想让人知，只让你去猜测，让你去冥思苦想。

每当秋冬来临，大洞河上游河床裸露，一群看似活蹦乱跳的鹅卵石呈现在了世人的面前。这很像是河与洞这对夫妻生下的孩子，是它们爱情的结晶！当我凝神静气细看，这些小家伙是那么俏皮、那么任性、那么放肆。它们虎头虎脑，鲜活无比。它们中有大有小，大的巨如屋，小的细如扣；有高有矮，高的立如钟，矮的低如盘；有粗有细，粗的圆如桶，细的形如棍。它们姿态各异，有的卧，有的斜，有的立，有的横。有的喜笑颜开，有的愁眉紧锁，有的你推我搡，有的傲气独处。但是，无论如何，它们都不离不弃，你牵我扶，相拥在一起，俏皮地躺在父母怀里撒娇。

绝恋，生死相伴。大洞河，日夜奔流，心中牵挂前方，为的是与洞相见相拥相融，它们一起奏出了爱的交响曲；大河洞，望穿秋水，日夜盼望，为的是与河团聚牵手，它们一起谱写痴恋的绝唱。不管日月如何更替，不论岁月如何流逝，它们的情不移，它们的心不变。一个热情似火，一个含情脉脉。它们每天如影随形，缠绵悱恻，你陪我起舞，我伴你歌唱。它们让整个峡谷充满了无限生机，无限活力，无限春光！它们让整个峡谷百鸟争鸣，百花争艳，百卉争芳！它们让整个峡谷负氧离子含量每平方米高达 8 万。也许，这就是爱带来的芬芳，这就是情赐予的力量。

让我们结伴去畅游武隆大洞河吧，那里有迷人的景色，那里有无穷的魅力，那里有爱情奏响的动人华章！

（陈益，男，中国作家协会会员。著有长篇小说《戏言》等）

峡谷石趣

———— 李燕燕

　　阳光突现，在大洞河某段干涸的河道。瞬间，峡谷初冬时节的寂寥被驱散，代之以肉眼可见的欢腾。

　　来自天穹的耀眼光亮，从峭壁之上投射而下，古铜色山岩立刻沾染上了若丹霞的喜庆之色。有风来，光影随风涌动，山岩明暗变幻。此刻，阳光带来的灿烂，点亮满布巨石的干涸河道。与其他注入大洞河的支流一样，这段河道也曾波光粼粼。现由于前方新建了水电站，这段河道改向，所以变成了我眼前的模样。

　　干涸河道与陡峭山壁，共同构成了一道独特的景观。

　　千百年前，山壁有过崩裂，大块小块飞石掉落河中。这些从高处掉落河中的石块，不论大小，原本都属于山崖的一分子，所以继承了山崖有棱有角的风格。然而，经由千百年河水

▲鹅卵叠翠（唐春光　摄）

冲刷，石块的棱角渐渐被磨平。不仅如此，每块石头，还留下了属于自己的独特印记，流动的河水，自是最好的雕刻大师。

河水温柔，大洞河延伸得很远，像极广布的血管，默默滋养一方水土，哺育这方土地上的各种生灵。春日的各色山花，秋日的层林尽染，还有那生长百年错根盘节的黄葛树王、花朵硕大却要从初冬起便孕育花蕾的高山杜鹃，这一切无不受惠于大洞河。哪怕汛期涨水，上游河谷淹没成湖，也能经由那个漏斗状的洞快速下潜，不会因为水涨不消而祸害乡人。

河水灵性，不仅仿着山那边修筑的梯田沉积出像模像样的 12 块石梯田，还留下了关于"龙田沟"的神奇传说：每块田从下到上代表 12 个月份，如果哪块石田干枯，就预示着哪个月干旱。乡人们以此来当"晴雨表"，安排农事。

河水刚硬，不仅经年累月凿出石梯，塑出活灵活现的石鱼儿，更是把河底大大小小的石块打磨得光滑圆润，然后在其上雕刻出各式纹路。

话说，若是眼前这段河道一直不断流，那么这些隐藏在河底的艺术品便不得见天日，碰巧因了些缘由，河道裸露，它们才惊现于我们这群外来客的眼前。是的，如果是当地人，定会见惯不惊，顶多说一句，峡谷里石头多哩！特意开车下到峡谷观看山林野景的外来客，则会把这一段干涸的河道，当作此行大洞河第一个可以拍照留念的景点。

看呐，自天穹洒落的光线映射在河道满满的石块上，它们被流水打磨的独特印记更加清晰。我们这些外来客争先恐后踩着石块，歪歪斜斜地走到河道中央。哟，这块石头最大，瞧，上面还高高低低跟梯坎似的。这样的话，前面站几个后面站几个，一张自自然然的合影就出来了。

河道里，中等大的石块，可以当作嬉玩的台阶步道；特别大的石块，大伙儿可以站在其上拍合影；小的石块，可以捡回家把玩。在这里，年龄各异的外来客都变成了小孩子，弯腰捡拾漂亮的石头，还相互比较。

看，这个石头中间镶了个月亮。巧不巧啊，我捡的这个石头上面，又像是刻了一个太阳。

外来客的说笑声到底惊动了居住在崖壁的主人。那些身子有巴掌大，形似喜鹊，却拖着夸张的长长"凤尾"的鸟儿，我们一般人实在叫不上名字，只能调侃说这是"凤尾鸟"。但这鸟儿形态确实俏丽，翅间似乎还点缀着蓝色或橘黄。伴随着我们的欢声笑语，先是有金黄的落叶从山崖之上徐徐落下，在微风中转着圈，一片一片，在午间倾泻而下的耀眼光芒中幻化为一粒粒星尘。紧接着，第一只"凤尾鸟"从这边崖壁飞到那边，经过河道时还特意划了一条低低的弧线，然后，第二只、第三只都这样来回穿梭于河道上。

我之前是见过这种美丽的小鸟，就在我家楼下的花园里，偶尔能见到一只。但只要出现，必定引起观者一阵惊叹。然而，只要你出声，那鸟儿便赶紧飞走了。或许，在城市的花园里，它终究是个娇客。

在大洞河，"凤尾鸟"才是真正的主人，主人当然是乐于现身迎接远道而来的客人。我注意到这些鸟儿，便抬头观望——看起来，它们的家就在那些茂密丛林里。据说，雨后这段河道会重新注满水，只有大的石块都露在水面。我没能见到河道雨后的模样，可是在河道中央，石块之间大的空隙处，仍能看到几方小水洼。一只大胆的"凤尾鸟"飞到离我只有几步远的一方小水洼边，直接把水洼变成一小块明镜，是呀，水里的倒影鲜活可爱。我试着朝它所在的方向挪动身体，轻手轻脚，它扭头见到我，没有怕，反而忽的飞到离我更近的一块石头上，望着我，优雅地梳理起了羽毛。很快，它的同伴也来了，约有五六只，在洒满阳光的河道石块上起起落落，仿佛这里是聚光灯照耀下的舞台。当中有成双成对的，停在石块之间的枯枝上，低声呢喃。

这些鸟儿呀，就像大洞河边的山妹子。她们编着两条麻花辫，背篓里装着山货，上山下山过河到场镇，一路有说有笑。或许在某条小溪旁，她们中的某一个会停下脚步——因为她突然感觉到背篓分量减轻，分明有人替她托起了背篓，一转身，清清溪水映出两个紧挨的倒影：她，还有一个笑得憨憨的山里小伙子。

阳光渐渐隐去，我们这些外来客离开这段干涸的河道，继续沿着峡谷往前走，"凤尾鸟"们也纷纷离开。后来我才发现，沿路无论是千仞绝壁还是如黛青山，无论是浅潭还是小溪，其实都能看见它们的身影。想一想，或许这群精灵已经生活在这片乐土百年千年。这里，不仅是她们的故乡，更是她们的福地。

（李燕燕，女，系中国作家协会会员，任重庆纪实文学研究会副会长）

雾岚无声

吴 沛

　　如果有一个地方，能让你瞬间停下来，忘情于它的美，是否可以称为人间净土？地球上有真正意义上的净土吗？很多人认为这就像天方夜谭，只有到潘多拉星球去寻找，其实大洞河乡境内的大洞河峡谷就是一方人间净土。

　　大洞河峡谷的美妙，首推如烟般缥缈的雾岚。它柔细锦软，像用牛奶调制的水粉，静悄悄写意状物不着痕迹。

　　绵延的岩墙峭壁，在北面最微妙处信手一探，将从西面脱笼而出的鸡尾山一把掐住。两道屏障合围，大洞河乡恰似被两条巨臂紧紧拥抱。

　　我曾经数次往来于大洞河乡与城区之间。但由于时间仓促，总是缘悭一面，与大洞河峡谷擦肩而过。美景无处不在，就看你是否有一双善于发现美的眼睛！大洞河峡谷的美，于我，刚好可以用这句话来印证。

　　大洞河乡的景致，源于大洞河峡谷，最有趣的也在大洞河峡谷。在大洞河桥上往返了上百趟，都只是匆匆一瞥，偶尔有念头微微闪过，但时间像一架转动的机器，将我奢侈的想法一一碾碎。大洞河是大洞河乡与外界的分界线，如果没有那座桥，人们只能喟叹了。

　　大洞河溪流潺潺，正好可以养活一山雾岚，这一山鲜活的雾岚，也正好可以拭掉满眼的疲惫。肩上的重任在历经艰难，几经周折后终于可以卸下了。返回途中，车行至大洞河桥，我终于抑制不住好奇，不待车停稳，便急不可耐地拉开车门跳了下去，小心翼翼地凑近桥栏，往下一看，若隐若现

的雾岚像峡谷吐纳的气息，在两面绝壁间隐隐流动。唧啾的雀鸟，在你还没来得及听清楚时就落进了深谷，它或许是深谷的精灵，守护着这纯净的地方。我开始冒出一个念头，一定要到大洞河谷底走走。天色渐晚，纵有十二万分不愿，也只有归去。

　　只要有向往，上天就会为你打开那扇门，只要你张开接纳美的臂膀，美景就会对你微笑。鸡尾山和大佛岩已安静下来。

　　天降微雨，雾岚幻梦般散开，有的黏附于山壁，有的裸挂于树梢，有的与丝竹一道慢慢垂下来，有的仿佛要沁进那一汪干净透明的绿泉里。

　　在大洞河峡谷谷底行走的愿望终于实现，我们在蒙蒙细雨中向谷底进发，鹅卵石错落堆砌于沟谷。鹅卵石铺就的小道，崎岖难行，一行人一路趔趄，受惊颇多。

　　这样的行走，远离了喧嚣与尘事，可以暂时忘却烦恼。空气是被雨水洗涤过的，雨水是被翠绿晕染过的，翠绿是被雾岚摩挲过的。雾岚是天地用灵秀生成的，带着清新的味道。我的目光始终捕捉着雾岚的变幻，用手机贪婪地捕捉雾岚的柔美舞姿，忽然，奇迹发生了，当一大片袅娜的雾岚，如精灵般向悬崖上的大片竹林靠近时，无数竹叶突然探出了身子，这一瞬间，美到极致！

你显然要嘲笑我故作媚俗的玄奥之语，但我明明就看到了，竹叶的微微战栗，有如恋爱中两情相悦时最悸动的心跳，莫不是我的眼睛欺骗了我？我坚信，这是大洞河独特的景致。

坐在圆润的鹅卵石上小憩，静静地冥想，看岩壁间涌出的山泉汇成溪流，哗哗地流淌，感叹大自然的专注与用情。人不需要专注吗？人的精力实在有限，要做的事情太多，只有一件一件做好，甚至做到极致，才能不负韶华。就像流淌的溪水，如果没有无数山泉执着地向一个方向流动，何来潺潺叮咚的天籁和鸣。

雾岚无声，无声地来，无声地去，干净明丽。天地间有大美，都于无声处浸润，大象无形，我心的灵窍能感受得到。

（吴沛，男，系中国作家协会会员，任重庆市武隆区作家协会主席）

洗心大洞河

——| 郑 立

大洞河，是武隆区大洞乡一条约 12 千米长，在乌江腹地蛇行龙腾的小山溪。

初秋的一个雨天，我因参加《重庆政协报》组织的政协委员助推大洞河乡发展活动，走进了大洞河。汽车抵达大洞河乡幸福村鱼泉水电站时，放眼望去，一沟斑斓的石头，大大小小，黄色、褐色、黑色。溪水在上游被拦进了鱼泉水电站的堰渠。这一段溪水，被水电站剥夺了潺潺流水的诗意，除了雨季溢洪，其他时候只能露出坚硬的心，寂静地听岸边的鸟语、看苍翠的山峦。两岸刀劈斧削的岩崖，呈白色，或黄褐色等，如若洒满霞光，便是一幅五彩斑斓的画卷。岩石之上，尽是荫木藤萝，修竹柔草。

大自然的本真，总让人们吃喝着或多或少的不寻常。这仅是大洞河的一处，往上是充满传奇色彩的穆杨沟，往下是藏着万千之谜的神龙峡地缝，再往下才是神奇的大洞河。车行在乱石铺就的谷底，狭窄处仅一两百米。我们与越野发烧友的几辆越野车狭路相逢，一阵挤挤挨挨，才折进了神龙峡。

我想念水声，想念清冽的水声，想念淌在心头的水声。没了水声，再美的溪谷也难有灵动。山水之韵，就在这山绕水、水润山中。仰头，一线天，岩壁上生长郁郁葱葱的草木；低头，浅草灌木，看到藏于灌丛的雀鸟，还有一两只竹鸡倏然穿行……我知道，想念的水都在头顶崖壁里流淌。我们这些大洞河的访客，只奢求寻到这里不一样的美。

眼前豁然敞亮，空谷幽兰，汩汩的水声从树荫遮蔽的壁石漫出来，一束潋滟的秋影洒在我们前面。一眼水桶粗的地泉，给溪谷披了一缕缕亮纱。水草、青苔、细鳞鱼、小水虫因有了这生命之水的沁润而变得鲜活，富有生气。神龙峡地缝的绮丽不是我几句话能说清的，绵延几百米的立壁不是我几寸目光可以丈量的，生命的真正意义不是我的这一颗凡心可以体味的。

我们的车停在竹树掩映的梯子坎水电站前，此时云开雾散，盈耳是哗哗的溪水声。步行过一片平坦的河滩，大洞河与两条小溪流在我们面

▼洞河观天（杨润渝 摄）

前汇成"Y"字形。溪水汇合后钻进洞口，高不过二十余米，宽二十余米的岩洞，这就是大洞。洞底的石壁将流水逼进缝隙，这些神秘的缝隙，无论多大的洪水都能"吸收"。这大洞有多深？没人能探，没人敢探。这里与山外出口之间的直线距离不到 1000 米。有人做了试验：把谷糠从上洞口撒进去，三天三夜之后才在洞外的出口见到谷糠。其中的神妙，只有流过的溪水才明白。在大洞前，我看不出神奇所在，激越的溪流在洞口盘旋几圈之后便无声无息地隐去，大自然神奇的造化真令人不可思议。

大洞口左侧的溪流来自黄金谷。因为硫黄矿床，黄金谷里的溪水黄亮如金。听说这浅浅的溪水对治疗皮肤病有些疗效，我们不约而同地踩了进去，走向神秘的黄金谷。一谷金色的溪水，两壁苍翠的草木，让处于峡缝之间的我们情不自禁，左渡，右渡，前行，后退，手拉着手，肩并着肩，裤腿被黄亮亮的溪水浸湿，心也被鲜绿的画浸染。在半个小时的惊喜交加后，我们目睹了龙田的奇。层层叠叠的龙田，装满了清冽的山泉。过去山里人从 12 块龙田的盈亏中，看到一年 12 个月的农事安排。而今城里人本着百闻不如一见的宗旨，目睹了人生难得一见的奇观。虽然龙田外设有简单的护栏，却拦不住有些贪婪的人，在无知下，让大自然伤痕累累。

从大洞河归来，我们还在争论保护与开发的话题，争论如何能与子孙共享美丽。

（郑立，男，系重庆市作家协会会员）

风情黄金谷

石春雷

"水似盘龙走，翡翠掩清波；河是一道峡，峡是一道河。"也许，这就是大洞河峡谷的真实写意吧！

从电站到大洞河洞口，大约需要十多分钟的车程。越野车左颠右跛，穿行在杂草丛生和高低不平的鹅卵石上。沿途一道道美丽的风景如诗如画，越野车似一叶扁舟在谷底游弋。两岸怪石林立，峰峦叠嶂。红白相间的山崖，苍翠如黛的草木，随越野车起伏摇摆的身姿，时隐时现。河道时而流水激越，时而乱石嶙峋，时

▲洞开石天（张晓伙 摄）

📷 | 33

而开阔，时而狭窄。

　　临近大洞河洞口的河道旁，停了几辆越野车，几顶颜色各异的帐篷搭在河床上，旁边有几个男女悠闲而熟练地烤着烧烤，肆无忌惮地享受着大自然赋予游人的惬意时光。再前行数十步，就到了洞口。这个洞口很大，天然形成，被称作"大潜洞"。溪水缓缓流进洞里后，消失得无

▼红石翡翠（唐春光摄）

影无踪。此洞有两条溪流汇聚，据说不管上游的水有多猛多大，只要流经这个洞口，都会顺利流过。这个洞就像一个漏斗，有着不可估量的吞吐能力。

听说最美的风光就在洞旁的这条支流上，名曰黄金谷。于是，我们一行人穿着凉鞋，挽起裤腿，开始了一段深山峡谷的探幽之旅。

黄金谷的上游拥有大量含硝磺的矿石，溪水呈褐黄色，溪沟里的石头经过龙泉水的长年侵蚀，变得五彩缤纷，煞是招人喜爱。黄金谷最美风景路段大约2500千米，涉水往返大约需要2个多小时。溪道宽时，水漫过小腿，溪道窄时，水漫过膝盖甚至大腿。特别是水流湍急处，大家要走一步探一步手牵着手形成一堵人墙才能渡过，既好玩又刺激。溪水在绝壁幽谷里荡气回肠地流淌着。即便时光老去，奔向大洞河洞口也是永恒的誓言。

涉水而上，刀劈斧削的两山越靠越近，峡谷里的光线也有些暗。抬头望见"一线天"，不知太阳在哪里，一束从夹缝中漏下来的光线让潺潺流水有了些许生机。为了壮胆，我们喊起了号子，声音在峡谷中跌来荡去，好一派声势煊赫的气魄。过了一线天，眼面开阔了许多，悬崖上老藤虬枝，造型各异。叫不出名字的山花次第开放，几只耐不住寂寞的雀鸟在峡谷上空嬉戏盘旋，让这静谧的峡谷平添了几分鲜活和生气。

溯溪流逆向 1000 米左右，有处冒水泉，又叫"喊鱼泉"。泉有碗口粗细，对泉呼喊，便见鱼儿跃出。听当地人讲，他们还喊出过娃娃鱼。出于对自然和生灵的敬畏，他们又将娃娃鱼放生。

再往上行就是龙田沟了，这里有一片石梯田，面积 200 多平方米，共 12 块。一个接一个，犹如四川黄龙景区那些浅浅的海子，如果配上五颜六色的灯光，一定景象万千。

顺着龙田沟继续前行 100 余米，就是一个天坑式的沟谷，沟谷非常开阔，周围岩上长满奇形怪状的钟乳石。岩顶有数股飞瀑缓缓流下，晶莹剔透，像是拉开的一幕雨帘。目光向上扫视，圆圆的一块天，蓝蓝的，犹如镶嵌在山顶的一面蔚蓝色的宝镜。谷底排放着造型各异、形状独特的数块石头，被称作 12 生肖石。来到溪水边，绕过几个石墩，站在溪水中间回望，传说中的泉瀑便出现在了眼前，这简直就是最有代表性的一幅中国山水画。画中的山峦，流水，草木，飞泻而下的瀑布，只不过都是这幅精美画卷上的点缀而已。这哪是画，这就是诗，触手可及，与心灵相连，与自然相通。那么纯净，那么清新，那么让人流连忘返，那么让人刻骨铭心。

实在是有些累了，就在一块大石头上坐了下来，双目微闭，思绪飞扬。此时，忘却了尘世那份忙碌，生命与灵魂在无尽的感悟中回归和洗涤。我贪婪而惬意地感受着峡谷有些湿润的微风的抚慰，听着鸟雀蝉鸣与山泉溪水的低吟浅唱，白云在峡谷上空游走，石头像山花草木一样柔情而婀娜多姿，置身于这奇趣的大自然中，感觉人就是一棵小草、一粒尘土、一尾游鱼、一只小鸟，与这山这峡谷这溪流相生相伴，同日月星辰相约到老。

（石春雷，男，系重庆市作家协会会员，任《三峡诗刊》副主编）

▲一线天光（唐春光 摄）

▲顶日晕动（任恒权 摄）

素心**孤旅**

李春霞

　　这里真是一片净土。这种浑然天成的质朴与粗犷，让人无法轻视。

　　站在粘满铁锈、乱石遍布的干涸河床，仰望两岸遮天蔽日的百丈悬崖，顿感个人的渺小与卑微。没人知道是哪年哪月，地壳愤怒的心脏喷发出黏稠的痛楚，挣裂出这些万年不得愈合的伤痕。这一道深重的伤痕，弯弯曲曲，幽密深邃，直达时间的虚无，直通宇宙的洪荒。这静默的愤懑，无声的悲诉，远胜过歇斯底里的千言万语。

仲春时节，细雨霏霏，雨从裸露的山崖上飘洒下来，润湿了一河谷的狰狞顽石。丰富的铁元素为枯竭的河床修饰了容颜，在曾经的水岸线上留下红棕的铁锈色。这奔流的血脉要在何时才会重流？要等到夏雨肆虐，洪水暴涨，大洞河蛰蔽的肉身才会复活？这铁矿的脉搏、这铁矿的灵魂，倔傲而孤独。

这是一隅被繁华遗忘的角落，更是囚禁物欲的幽谷。野草疯长无视山崖的藩篱，层层叠叠的绿，相互融合，绵延至山崖壮阔的胸膛，满目盛满了苍翠欲滴的绿。正是人间四月天，红籽花开得一片片一簇簇，争奇斗艳地聚在一起，压弯了枝条。怒放的白色花朵迎风摇曳，浓郁的芳香弥漫四周。细小的雨丝落在厚而坚实的叶片上，抚过叶子清晰的脉络，缓缓聚在叶尖，坠成一颗明净透亮的露珠，一滴，一滴，又一滴。露珠滴在小小的涡形花瓣上，初时凝滞不动，久之渐渐承受不住重量，落入草丛。花，即是花，即便只是寻常的野花也有质朴的可爱，终会遇到惜花人，无须美艳方物。

一个人走走停停，草叶上的露水湿了裤腿，泥沙沾在了鞋子上。没有蓑衣傍身就席地而坐，随意找块石头坐下来歇歇脚。千年万年的孤寂涌在这深谷里出不去，皱褶了大山的容颜，谁来解你的心结？有阳雀鸟的悲鸣，"归归呀……归归呀……"一声一声，声声入骨。这哀怨声声的鸟儿，是否还在诉说着当初的心曲？那么多鸟儿的鸣叫总让人记不住，这阳雀鸟儿的声音却总能瞬间撕开成年人伪装的外壳，叨扯出尘封的儿时记忆。那些春天明媚的阳光，晒得青翠的玉米叶子闪闪发亮，紫色尖尖的小球球花在厚实的草丛中星罗棋布。被强制趴在课桌上睡午觉的10岁小人儿，听着声声鸟儿的鸣叫，在安静旷远的春日里，竟慢慢觉得哀伤，那种鼻头战栗酸涩的感受，至今记忆犹新。人生种种总是在不经意处相逢，当时记得美好，过后却总有遗憾，总要在似曾相识的境遇中恍然大悟，原来此情此景，我曾经历过。

一个人的路途，无论如何艰难，终要自己走下去。转过弯曲的山崖，竟远远地听到了水声，不可谓不欣喜。前边的崖壁上放肆地挂着瀑布留下的痕迹，只是不见半点水的影子。我原本认为这高崖相挟所形成的幽谷狂放有余，精致不足，只因为少了水的灵秀。世间万物相辅相成，乾坤阴阳相互裨益，不可过于阳刚，亦不可过于阴柔。苍天要有大地的承载，高山自然要有碧水的依托，而这深山峡谷中蓦然出现的流泉，正是山崖的绕指柔。泉水来得突然又自然，从谷底一侧草丛中泌出来，轻缓地漫过苔藓满布的石头，漾起雪白的水花。水菖蒲伸出修长的叶片，不知疲倦地撩拨着水面。水声淙淙，含蓄而内敛，也许正是这细水长流的坚韧才配得上高山的巍峨。所以那磅礴的山涧巨瀑，只是流水高潮跌宕的抒发，注定迅疾而不长久。掬一捧泉水润洗微微汗湿的脸，那感觉沁人心脾，而泉水在草木的滋养中，似乎也有了青翠的芳香。这些精灵似的水，从何处汇集而来，为何能够常年不枯，是山中妖魅幻化的泪滴，还是树木精怪的灵魂？没有人知道。只有野竹林挥洒着过冬时褪下的黄叶，在轻风细雨中倾诉着无边的寂寞与忧愁。

两只形似小鸡的动物在草丛中窸窸窣窣，见到生人也不觉惊慌，轻轻巧巧从容遁去。不禁汗颜，凡人用狭隘的想法揣度事物。子非鱼，焉知鱼之乐。感觉寂寥是因为心有所求，觉得

孤独是因为欲壑难填。放下一切自然无欲，明了一切终会释然。在这纯粹的大山之中，日月春秋的陪伴，是最坚定的誓言。扛得住寂寞，受得了枯燥，不离弃、不怨怼，是最大的修行。

（李春霞，女，系重庆市作家协会会员）

▼家（刘西阳 摄）

大洞河乡写意

杨辉隆

雨雾中的大佛岩

　　大佛岩在传说中成长，在阳光中沐浴，又在雨雾中浸泡。带露的熏风扑鼻，雨雾的云衣低垂，被风驱赶，慢慢露出了一丝阳光，少顷露出了蓝天白云、露出了远处的村舍。

　　铺天盖地的绿向游人袭来，容不得你不驻足欣赏。那些不知姓甚名谁，

▲大洞河溶洞奇观（唐春光　摄）

开了谢，谢了又开的各类山花，让流连忘返的游人多出了无限猜想：哪一朵名花有主，哪一朵又该花落吾家？

山崖绝壁处，尽是多姿多彩的生命树。红豆杉、黄杨木本是名贵树种家族的成员，在这里却成了极其普通的景观树。道路两旁，它们低首垂目，迎接远方来的游人，接受啧啧称奇的赞美。

山即是佛，佛即是山。自然天成的佛，长年累月坚守山崖，为苍生祈福。夕阳西下，霞光碧染，大佛岩与七彩丹霞交相辉映，形成"大佛夕照"的祥瑞之景。

麻啄岩的杜鹃花

雨中，游赵云山麻啄岩别有一番风味。雨雾遮挡视线，正好省去了恐高者的畏惧。朝一个方向成片倾倒的箭竹，簇拥着正在孕育明年花蕾的杜鹃。正当我为不能目睹杜鹃花海而遗憾的时候，仿佛听到了箭竹拔节的声音、听到了杜鹃花开的声音。

漫山遍野的野荞花，在本不是花开的季节一个劲地绽放。细碎的小白花，一点点、一团团，犹如山姑身上的白花裙子，清纯而朴实。我终于释然了，杜鹃花什么时候开无关紧要，重要的是这个漫长的孕育过程。孕育得越久，开放得越茂盛，越鲜艳。这好比人的知识，积累得越多，使用的时候越得心应手，这大概就是厚积薄发的道理。我敢打赌，明年五月，赵云山麻啄岩，一定是花的世界、花的海洋。杜鹃花一定会怒放。

▲辣妹子(张晓伙 摄)

神秘大洞河

神奇俊秀的大洞河河谷，是大洞河俊朗的骨干，是大洞河千年不死的灵魂。抬眼望去，山上植被郁郁葱葱，山下河水叮叮咚咚。河谷上游金黄流动，下游绿水荡漾。凉风阵阵，令人心旷神怡。

在大洞河涉水，我懂得了什么叫历经艰险，什么叫摸着石头过河，什么叫坎坷。大洞河强健的肌肉，是天地撕开的山壑。大洞河丰富的血液，是经年流动的水。大洞河，你的体内究竟藏了多少秘密，让那么多游人走进你、亲近你？

一千年、一万年，大洞河依然迤逦。

（杨辉隆，男，系中国作家协会会员，任重庆市奉节县作家协会主席）

山色空蒙雨亦奇

殷恕

大洞河是乌江支流石梁河的源头，藏在武隆西南角的大山皱褶里，潺潺湲湲，流淌了千年。在武隆众多如雷贯耳的 AAAAA 级景区面前，它显得籍籍无名，任山岚林雾遮掩了天姿国色。

我欲一亲芳泽，却偏偏遇上一个不佳的观光时辰。夜雨哗哗直下到天亮，将大地浸泡得湿漉漉的，在红宝度假村坐等至上午九时，仍不见半点放晴迹象，四野茫茫，唯见对面鸡尾山的巨崖被黑云笼罩。主人善意劝我："雨天别去峡谷，山洪下来不得了！"

纠结之间，忽有东坡诗提醒："水光潋滟晴方好，山色空蒙雨亦奇。"遂一拍大腿，走，下雨天自有下雨天的美妙！只需片刻，越野车就载我下到谷底，让我领略到非比寻常的奇景。

▲银丝玉缕（唐春光 摄）

山中一夜雨，树杪百重泉。百泉汇注于河，以往蜿蜒谷底的秀美小溪已经变身滔滔洪流，裹挟着泥沙朽木往下游的大洞口奔去。雨还在下，崖上飞的是水，路上淌的是水，河中流的是水，竹木滴的是水，充耳皆是水声，仿佛来到了水的世界。

河畔那条简易的碎石路，本是为大洞前不远的小水电站修建的，现在也成为临时车道，游客可将车直开到水电站前的空地。但此时，碎石路有一半被雨水浸漫，车轮碾过，水花四溅，竟有鱼雷快艇劈波斩浪的快感！

飞泉自天而降，砸在车顶，砰砰作响。雨刮不停地工作，也拭不尽天赐琼浆和游子喜泪。往窗外望去，峡谷两岸壁立千仞，悬崖上射出无数条瀑布，大大小小，次第倾泻，且意态纷呈，各得其趣，为我所见最密集的瀑布群，称其为"瀑布画廊"亦不为过。

真是大饱眼福！这些瀑布，有的如天河悬挂，有的如野马奔腾，有的如金蟾吐水，有的如仙女散花……即使西双版纳的泼水节也没这个刺激吧。

车上颠簸得厉害，干脆下车拍照，撑着伞，瞄着景，一不小心，就摔了个屁股墩，坐到了水里，但仍兴奋不已。因为我知道，此种奇景，转瞬即逝，雨过即无。

离大洞还有 40 米左右，便被洪流阻隔，无法前行了。以往任人戏水、野营的洞口沙滩和卵石滩，已沦为浑黄河床。狮子巨口般的大溶洞，不仅吞噬了海量河水，也吞噬了我继续深入探寻泉华龙田沟、地缝神龙峡、暗洞自生桥、腰站铁索桥、盘山旧矿路等美景的念头。深邃大洞里传出的暗河轰鸣和满谷泉啸涛吼，将诗意变为狰狞，将好奇变为玄秘。

因为下雨，我没能见到阳光下的峡谷之美，但因忧得喜，我见到了别人难以见到的幽谷奇景。它水汽氤氲、它林暗苔绿、它群瀑齐舞、它流云挂壁，它的美，更像武侠片、更像水墨画，也更有意境……它给我留下遗憾，让我今后再来；它还给了我优越感，让我自诩蛟龙。

我忽然醒悟，当地铁矿乡改名为大洞河乡，是多么睿智的想法！不仅因为 2009 年那场鸡尾山岩崩事件，更多是着眼于自然、着眼于未来！这简直就是新旧时代截然不同的印记啊。

其实大洞河乡岂止大洞河峡谷这一处风景，它还拥有大佛岩、穆杨沟、焦王寨、鸡尾山、赵云山、绿池湖等多处景致，仅听名字，也能嚼出多汁多味的历史和美景。但你不身临其境，又怎知无穷趣味？

譬如雨中游峡谷、雾里赏杜鹃、酷夏探溶洞、冬雪登峰巅……武隆大洞河乡山水如酒，定会让你深深陶醉。

（殷恕，男，系重庆作家协会会员）

梵音萦绕大洞河

杨武均

其实，大洞河在我的心里是很遥远的。素未谋面，也未有文字图片撞击过我的脑际。

十年前，我第一次乘坐颠簸的敞篷车。车行驶在大洞河乡的泥石道路上，心里除了余悸就是企盼。企盼何时能结束如此的旅途，企盼何时到达所向往的目的地！

要说对大洞河的印记，起初只知道其偏远且与贵州接壤，登上一座山巅就可观武隆、彭水、南川、涪陵、道真两省五县的景色；只知道曾经的铁矿乡是因为富产铁矿而得名，且在七十年前就有开采记载；只知道这里的乡民出行好难好难，生活很穷很苦。

▲大洞河晚霞（唐春光 摄）

然而那次惨烈的岩崩，近百十条鲜活的生命随弥天的尘雾瞬间消失在鸡尾山的心腹，无不让人肝肠寸断，悲痛欲绝。国家领导来了，市县委领导来了，救援队伍来了，世界荷载最大的米-26直升机来了，媒体也纷至沓来。将鸡尾山，将铁矿乡，与武隆，与重庆，与中国，与世界，紧密地联系在一起了！

这是我用黑白的心灵底片记录收藏于记忆深处永远的伤痛。时至今日，我驱车与文友再次走近这块神奇的土地，走进多年未曾打开的记忆之域。眼前顿觉一亮，山比过去青，水比过去绿，天更蓝了，云雾如薄纱般在山间流动，集乡村旅游接待基地随处可见，高山集中移民的居民点楼舍宽敞而整洁。一条条崭新的水泥路和柏油路纵横在境内的大小村寨。河谷沟壑，将乡村农家和风情小镇、将观光农业园区和远近高低的景点、将纳凉度假休闲区和特色产业区串了起来。令人刮目相看，令人叹为观止。

于是，我们沿着大洞河这条养育乡亲的母亲河，开始我们的寻幽探趣之旅，开始我们的心灵对话之旅。

▲专业户（任恒权 摄）

从大洞河的下游逆流而上。沿途两岸古木参天，翠竹连片，绿荫蔽日，虫鸣鸟舞。幽深的河谷空气湿润清新，让人神清气爽。溪流与礁石岩壁演奏着从不停息的天籁之音——哗啦哗啦、叮咚叮咚。两支河流汇聚之后不到十米处，便消失在你的视线之中，消失在一个偌大的岩洞里。她的去路她的归宿，只有高耸入云的大山知道，只有千年不朽的岩石知道。大洞与河流，在这里不期而遇，就这样巧妙联姻。不难想象大洞河的来历了，也不难想象如今大洞河乡名字的来历了。

顺着大洞河的脉络，一路聆听鸟语和水声。我触摸到了幸福村的幸福。村口那高大气派的迎宾门代表着几千大洞河儿女的热情与好客，密林中的幸福祥云为你指引游览的坦途，村落里的庭前院后满是笑意的百花述说着幸福村的幸福事，风情小镇的每间房檐下飘出扑鼻的饭香和爽朗的笑声，揭开了焦王洞的千古秘密，知晓了焦王寨的历史渊源。

沿着大洞河的足迹，阅读沿途的民俗和人文景观，我感受到了红宝村的巨变，珙桐成排，瓜果成铺，农舍成片。敦厚的品质仍在，淳朴的民风民俗犹存。赵云山上成片的千年杜鹃展露着红红的笑脸，喜迎八方宾客，然后用春露、用夏雨、用秋风、用冬雪孕育新一年的希望和喜悦。随行的俊男俏女摸摸这朵，看看那朵，依偎着树，紧贴着花的脸庞，定格了美，和着远方拂来的山风演奏着青春的乐章。

牵着大洞河的情丝，跨越沟坎和古木，我找回了穆杨沟的往事。喂马的槽、拴马的桩、练马的场，穆桂英杨宗保讨伐焦王寨，苦练精兵的动人故事，百姓纷纷送粮运草助阵的场景一一浮现在眼前。塞外，月如钩，天已暮，叹世间谁是英雄！我看见了百胜村最美的公路，用美丽的弧线圈阅大地和勾勒山川，用智慧搭建桥梁，连接了山外的心，沟通了陌生的情。我看见了用石头泥巴建造的民居群，看见了层层梯田碧浪滚滚，看到了乡风民俗的魅力。百胜，这个具有悲壮情怀的名字承载着百姓的希冀，正在奏响一曲时代的激昂乐章。

乘着大洞河的凉风，登临大佛岩，体验一山四季和一天四季的佛山。

大佛岩，海拔近 2000 米，坡陡路险，山下汗如雨洒，山腰凉爽宜人，山顶寒风袭人。满山遍野寓意平安的平竹密不透风，翠绿年复一年保持着大佛岩不老的容颜。银色的红豆杉历经沧桑依然屹立。被誉为活化石的银杉讲述着大佛岩的前世今生，书写着大洞河的奋斗历程。千年黄杨用每一片叶子编织着昨天的故事和今天的梦想。一丛火红的相思豆情系远方的游子和未来的佳偶。老杜鹃印红了沉睡的大佛岩，与遥相呼应的赵云山杜鹃王呢喃着情话。

大佛岩没有浪得虚名。从岩下远眺，高大险峻是这座山的本质，薄雾中变换各色姿态是这座山的特性。在灰白的崖腰，一尊慈眉善目的佛像在云雾里时隐时现。大佛岩山巅，每当霞光四射、残阳如血之时，一对男女坐佛相向而望，无杂念地进行着心灵的对话。

伫立大佛岩边，凝望着空蒙的远山，仰望蔚蓝的天宇，一轮骄阳当空，一圈圈佛光在大佛岩闪耀。心中的一席长桌盛宴在鸡尾山旁的风情小镇摆设，围坐着各路神仙，西天佛祖率领四百金刚八百罗汉和众多菩萨前来赴此盛会。各种仙果、山珍海味，应有尽有。仙家们开怀畅饮，互述衷肠。宴席上空，祥云彩雾缭绕，仙乐轻奏，嫦娥挥袖，与众仙子翩翩起舞，一片祥和。

你看，这是大洞河即将掀开的盛世。

你听，这是大洞河日夜萦绕的梵音。

（杨武均，男，系重庆作家协会会员）

奇幻焦王寨

如果说远古的战事
早已鸣金收兵，
那么，高高的寨门开着
在等什么

任何一个姓氏的王，
脱去权力外衣后
都会在精神之门外徘徊
遍地山河
收拢的不是色彩，
而是各自持有的初心

流水的光阴
有时也在还原某种真相

（文／胡万俊　图／王俊杰）

寨城相依　古韵流长

"皇城"已坍塌，"壮士"今何在。焦王寨之于大洞河，是一个永远绕不开的话题。在当地群众世代相传的传说里，焦王寨是一片广大的区域，东起和平沟西侧的大龙岩，南至大梁子山麓的石梯子，西到南川青龙乡的小鱼泉，北临大洞河与白云乡接壤。四面悬崖深谷，进寨路途艰险，是易守难攻的军事要地。

在这里，一直流传着一个传奇故事。据传，北宋时，焦赞、孟良两位绿林好汉落草立寨，建起"焦王寨"（当地人奉为"皇城"），招兵买马，劫富济贫，除暴安良，对抗官府。他们的事迹震惊朝廷。后被穆桂英杨宗保招安，归顺朝廷。从此，焦王寨从山野中消失，仅存于人们的传说中。

焦王寨遗址在哪里，何处存留有战斗遗迹，在当地人绘声绘色的描述里，仿佛还依稀可见。在那绵延横亘的鸡尾山巅，在那铺彩叠翠的丛林中，传说有人见到过"金柱头""银礅磴""灯杆孔"的影子，甚至有人还挖到过当年的武器——锈蚀的"铁蛋"。还传，早年间，一位采药人进到一个叫灯杆堡的深山密林中，无意间发现了焦赞的残破"皇城"，木质楼阁已荡然无存，只留金柱头、银礅磴，以及立灯杆的基石和基石上的圆孔。当他带着别人再次沿着路标找寻时，却怎么也找不到先前所见的一切……

其实，在传说之外，焦王寨是一处山奇水秀的壮美所在，深邃、苍莽的美景令人流连。这里有雄秀伟岸的鸡尾山，峡深谷幽的大洞河，古韵犹存的穆杨寨，凌空欲飞的大龙岩，栩栩如生的老鹰嘴，神秘莫测的太阳坑，波光粼粼的鱼鳅塘……焦王寨那金戈铁马的气息，已被淹没在这斑斓而的苍茫的大山中。

清风送走流年，传说承载美好。当深秋的彩叶渲染了漫天云霞，透过那缥缈的层峦，一座古朴而真实的焦王寨耸立在山岗之上。这是大洞河人从世代景仰的形象里复原的一座古寨，一处守护百姓安宁的精神堡垒。漫步其间，仿佛穿越流年。高大的立柱撑起古旧的寨门，黑砖砌成的防御墙，威严的军营，高耸的烽火台，于斑驳中

▲鸟瞰焦王寨（陈先文 摄）

透着几分沧桑。神箭飞穿，刀枪碰撞，杀声震天的激战情景仿佛出现于人们的视野里。

山岗之下，树绿花红，风情小镇一派祥和。寨镇相伴，为古韵流年增添了一抹浪漫。

约上碧蓝，邀上云天，撷一抹最艳丽的阳光，走进风情小镇，无论是谁，都难免被这种清新惊艳。

这里原是一个居民点，是当地百姓世代敬称的焦王寨。"6·5岩崩"后，乡政府迁建至此，此处遂被扩建成一个微型场镇。粉墙

黛瓦的民居、绿树红花的点缀，洋溢着一派欣欣向荣的景象。小镇民居依山势而立，或三五户相连成排，或隐于山峦环抱之中，多为一层或二层，青砖墙，琉璃瓦，圆柱头，格子窗，飞檐斗拱，扳鳌垛脊，别有一番韵味。走在街头，可以欣赏最艳的色彩，领略当地最纯粹的民俗之美。杜鹃烂漫，茶花争艳，野趣天然。若是雨过天晴，爬上后山，看那一缕缕雾岚萦绕小镇，山峦、民居、树木，时隐时现，恍若海市蜃楼，深邃而灵动，神秘而雅致。

出小镇往东，是一处清幽的小山头——尖堡山。一棵千年古树，人称青树。粗大的树干，伞形的树冠，被当地人附着奇幻的传说。七仙姑私下凡间，触犯天规，在此简舍隐居避罚，享受人间幸福生活。不料，还是被赤脚大仙发现，将七仙姑化着了今天的尖堡。又传说，穆桂英杨宗保夫妇二人，招安焦赞、孟良时也在此驻扎过。穆桂英和她的女兵练神箭飞刀时，千年古树就是箭靶刀靶，树干上的依稀痕迹，也许就是当年的刀箭所刺。现在，镇东头已辟为休闲度假区。尖堡山和大青树撑起一方美丽风景。来这里看古树参天，听古老传说，享小镇清凉，也是享受。

如果说在焦王新寨与风情小镇收获到一份感情，那么在鸡尾山兴许就会寻到一地烽烟。险峻与秀美相生的鸡尾山，四面临崖，林木繁茂，鸟语花香。千万年的岁月层叠于山水之间，伴着神话与传说，生长着最壮丽的风姿。

秀峰峭立越千年，鸡尾开屏多妙趣。鸡尾山是一座造型奇特的山峰，山势形如鸡尾，云雾缠绕山体，翠绿点缀白岩，于静中流动着美。

相传，神鸟简狄为了儿孙们能融入人间乐土，护卫他们的幸福生活，便与神人一道作法除弧妖，并把自己的身躯化为"鸡尾山"，永远造福当地乡民。一直以来，鸡尾山在当地群众的心中格外受到尊崇，在山中立庙敬奉。

登上1800米的山巅，一片青翠耀着阳光，蓝天相称，白云相依，野花烂漫处洋溢着深邃、苍茫的韵味。传说焦王寨就坐落于这山顶之上。透过云山雾障，当火红的太阳从远山露出温暖的笑脸，万道金光照亮群山，静静地伫立在一片芳菲之间，极目远眺，满眼葱绿。绿草铺陈浪漫，小鸟飞翔，蝶舞翩翩，星星点点的野花点缀其间，一丛丛、一簇簇，或红如火，或粉如霞、或翠如玉。

曾经，这里是一方交织烟火气、烙印旧时光的繁华之地。高翘的"鸡尾"下，清流蜿蜒铁匠沟，云雾缭绕深壑间，绿荫掩映里，古朴的小镇偎依着秀美的山峦，热闹的市井声和着躁动的铁矿，一切相映成趣。

山花氤氲着沉默的山谷，山风吹拂着苍莽的岁月。碧空流云，听飞瀑流泉。行走在场镇，听矿山广播，看露天电影，品乡间小吃，

▲峡谷云烟（杨润渝 摄）

·诗意大洞河·

▲焦王寨新貌（王俊杰　摄）

不失为一种惬意。

　　然而，一场突如其来的岩崩，将这一切毁于一旦，千年"鸡尾"猛然断裂，4000多万方巨石倾泻而下，数十米深的铁匠沟瞬间被填埋，整个场镇连同70多条生命被深埋地下。巨石横陈的地质灾害场景被定格，当地政府在此竖起纪念碑，建起地质公园，留存永恒的记忆。

　　鸡尾山地质公园，一个不一样的游览之地。拂去时间的灰尘，走进撼人的场地，在震撼亭上俯视那些被巨石掩埋的历史，在纪念碑前凭吊那些曾经鲜活的生命，在堰塞湖边解读那些印满沧桑的水波，在危岩之下静听那些生生不息的山音，除了震惊与震撼之外，难免有长长的喟叹与深深的敬畏。当落日熔金、余晖轻洒，极目远眺，废墟之上山花烂漫，绝壁之处山路蜿蜒，既有苍凉之美，又有宁静之味。（文/彭世祥）

游踪漫记

武隆有座焦王寨

丨唐鱼跃

我是在焦王寨土生土长，并从焦王寨走出来的孩子。

中学时，每周都要来回走完那条需要淌过一条河、爬过两道崖、翻过三道岗的上学路。那是一条需要用小脚板一寸一寸丈量，穿过荒芜人迹，踏过雪雨风霜的路。

那时候，每次出门，爷爷都会提醒我，出门在外要是累了渴了，想找个地方歇歇脚、讨口水喝，人家要是问你打哪里来，你就说来自焦王寨，那别人就会热情地招呼你，不会为难伤害你。我照着爷爷的提醒去做，不仅常常能讨到一碗充满浓郁乡情的茶水，还会遇着同爷爷辈一样岁数的人，摆摆焦王寨的人和事，摆着摆着不曾想老一辈们竟还是熟人。

也就是从那时起，焦王寨就成了我内心对家乡最坚定的代名词。我的家乡经过很多次改名，从新中国成立后的共和乡到 20 世纪 80 年代的铁矿乡，再到今天的大洞河乡。乡名在不断地变，但十里八乡对焦王寨的印象始终如一，焦王寨在我的祖父辈和我的记忆里，深深扎根。

挥之不去的，是伴随我成长的焦王寨的困与苦。

这个地方，因被大洞河的深沟峭谷和大娄山余脉大梁子隔绝，人口虽然不多，全乡还不及外面一个村的人口，可政府也不得不单独设乡。乡民要走出大山，要付出比外乡人多得多的艰辛。交通不便时，出行的乡民要么翻过海拔 1000 多米的高山；要么涉溪渡河，攀爬于开凿在峡谷两边高达数十丈的悬崖峭壁。在外乡人眼中，这里地瘠民贫、气候恶劣，是穷山恶水、偏远荒僻的不毛之地。

翻开《武隆区（县）志》，这个地方鲜有大事记载，在整个县域发展历史上似乎无足轻重，仅存的记录只有寥寥数言。记得最详细的是 1995 年前的大事，以及新中国成立前在此地

▲野樱千年（唐春光　摄）

开办铁业、修建索桥之事,另有天花、痢疾流行,遭受特大暴风袭击等记载。

曾经的乡民们为了生计,只能使出一身壮力,在鸡尾山下背起或挑起沉沉的铁矿石,穿着用谷草编的烂草鞋,沿着悬崖上趟出的一条青石路,一路翻山越岭,负重行走二十多公里,到达长坝矿坪(今长坝中学),挣几分劳力钱。所以,"泥土坯房半年粮,有女不嫁铁矿郎"的俗语,在十里八乡口口相传。那个时候,即便是走出大山在县城工作的年轻人,都不愿提自己是焦王寨的人,因为被人鄙夷轻视。

然而就是这样一个地方,也限制不了乡民们的想象力,竟然能把一个明朝杜撰的,发生在北宋年间的故事,硬生生地嫁接到南方大娄山深处的穷乡僻壤来。西边有个穆杨沟,传说是穆桂英的练兵场。东边有个杨思岩,传说是杨六郎因带兵太少,在此思考如何攻打穆桂英的地方。南边有个焦王寨,传说是焦赞的村寨,后被杨六郎降服,杨六郎打败穆桂英也是借着焦赞的力量。方圆60余平方公里的山山坳坳,被传说故事的丝线实实在在地串联了起来。

民间口口相传的传奇故事千千万,不知道乡民们为什么唯独钟情这一段。或许,就是在某个寒冷的冬夜,一群日落而息喝着寡酒的乡里乡亲,围着柴火,对不知在何年何月,依旧是传说中的古焦王在鸡尾山上筑的寨子,在胡言乱语中与焦赞、孟良牵强附会了起来,将周边的牧羊沟、羊石岩沟也延伸到杨家将的故事里。练兵场、点兵台、拴马柱、八阵图,让传说更加神秘而真实。

或许他们不知道,就是这场侃侃而谈的龙门阵,将焦王寨彻彻底底地融入了世代乡民的血液,浸入了世代乡民的骨髓。从那时起,世居于此的焦王寨人,一代又一代地传承着穆杨沟鸡鸣狗吠、炊烟袅袅的富足安康,向往着杨思岩上运筹帷幄、克敌制胜的智慧胆识,崇尚着杨门忠烈的光明磊落、侠肝义胆、精忠卫国。

从来就没有人甘愿苦守穷困潦倒。一代代的焦王寨乡民奋发图强,踩着前辈的步伐,背起破旧的行囊,回望一眼鸡尾山,或背井离乡,或踌躇满志，一路把焦王寨的故事、焦王寨的精气神传向外界，传给他乡。后来，我也是通过悬崖上的路走出了山村，一头扎进喧嚣的都市，踏上了求学立世之路。每当遇到艰难险阻时，总是焦王寨的山山水水让我坚强，让我一次又一次挺直脊梁。

因为工作的关系，现在我回焦王寨的次数越来越少了。但每回一次焦王寨，眼睛看到的，耳朵听到的，都让人兴奋。兴奋啥呢？习近平总书记在 2020 年"两会"期间盛赞武隆，过去的穷乡僻壤，如今变成了人间仙境。我的家乡大洞河焦王寨，就是这人间仙境的一部分。近年来，顶天立地的焦王寨人，在党和政府的带领下，把握住脱贫攻坚、乡村振兴的机遇，利用得天独厚的自然资源和区位优势，大力发展乡村旅游和特色农业产业，全力改善以公路为主的基础设施条件和人居环境，不仅在短短几年间拔掉了深埋在山梁沟壑的穷根，还成了重庆主城市民避暑纳凉、度假休闲、旅游观光的打卡地。

从前的焦王寨，已被时代的洪流抹上了一道亮色，整个山乡旧貌换新颜。如今的鸡尾山，金鸡啼鸣，在夕阳之下与天相接，雄厚、空旷而高远；穆杨沟的田园人家，在云雾的映衬下，舒适、滋润而安宁。曾经阻碍乡民走出去的大梁子，如今千岩竞秀，大洞河如今波光粼粼。高山峡谷不再是封闭和贫穷的代名词，而是游客追逐向往的诗和远方。

这就是焦王寨，一个从前想远离逃离的焦王寨，一个今天吸引四面八方客人接踵而至的焦王寨。

（唐鱼跃，男，系重庆市作家协会会员）

焦王寨的**传说**

徐大惠

　　小时候，经常听老人念这样一段顺口溜："一郭邦，二凤凰，三葫芦，四焦王。"这一二三四，说的是武隆境内四个有名的寨子，郭邦寨在白马镇杨柳山与涪陵武陵山乡交界处。凤凰寨，在庙垭乡境内。葫芦寨和焦王寨都在大洞河乡境内。大洞河乡地处两市三区（县）交界的大娄山余脉。自古以来，地势险要，一夫当关，万夫莫开。比如，要从长坝镇的腰站铁索桥到大洞河乡，就必须经过葫芦寨。这个葫芦寨就建在宽不足300米的一条山脊上，两侧岩壁高耸，寸草不生，不要说人，就是猴子攀爬都很困难。

　　关于焦王寨的传说故事，在大洞河民间广为流传，至于什么时候开始流传的，现在已无法考证。只听爷爷辈的人

▲焦王寨公园（陈先文 摄）

说从他们的爷爷的爷爷的爷爷，就讲着这个传说。这个焦王，说的就是北宋时的焦赞和孟良，抗辽失败后，他们在大洞河这个地方占山为王，除暴安良的故事。从历史的角度看，杨六郎跟孟良不是一个时期的人，孟良做不了杨六郎的大将，焦赞跟孟良也不是同辈人，他比孟良的儿子应该还要小，所以，焦赞、孟良就更不可能来巴蜀之地一起做绿林好汉。焦王寨的传说既然流传于大洞河民间，那我们就按民间的传说，跟大家讲讲焦王寨的故事。

▲焦王寨遗址（唐春光 摄）

相传，焦赞和孟良都是大洞河这一带有名的猎户，两个人都力大无比。孟良有神力分牛的本事，焦赞有石磙上树的能耐，谁也不服谁。有一天，二人终于见面，切磋武艺，焦赞略胜一筹，于是他俩惺惺相惜，歃血为盟，就在大洞河建造起"皇宫"，占山为王。他们跟其他山大王不同的是，他们不仅不盘剥老百姓，而且还杀富济贫，深受老百姓的喜爱。

穆桂英杨宗保听说焦赞、孟良的故事后，决意招安他们。当穆桂英杨宗保奉旨率兵从中原向巴蜀千里奔袭而来，焦赞和孟良二人却不接受朝廷招安，他们放话给穆桂英杨宗保，想要他们服服帖帖归顺朝廷，可以，那得看穆桂英杨宗保有没有这个本事。焦孟二人之所以如此牛、如此狂，一是他们确实是一等一的猛将，二是他们的焦王寨建在四面都是悬崖深谷的鸡尾山上，易守难攻。可穆桂英杨宗保也不是等闲之辈，特别是穆桂英，据说是侠女刘金锭转世，有侠女传授的神箭飞刀之术，又熟读《孙子兵法》，虽是女将，却智勇双全。

穆桂英杨宗保率部来到大洞河后，就在焦王寨南面的大梁子上一个叫大马场的地方安营扎寨，白天操练兵马，晚上探查焦王寨的地形地貌和排兵布阵情况。在摸清焦王寨的情况和焦孟二人的弱点后，穆桂英杨宗保商议，对焦王寨绝对不能强攻，只能智取。怎么智取呢？他们决定用孙子兵法三十六计中的第六计——声东击西，即兵分两路，寅时攻寨。一路由副将统领，从羊嘴岩沿大洞河经羊石岩到焦王寨，正面佯攻；另一路由穆桂英杨宗保亲率大军，等待时机，从侧后发起攻击，直捣老巢。为了迷惑焦孟，穆桂英杨宗保花钱从老百姓那里买了上万只山羊，在每只山羊的颈上挂一个小灯笼，由少量士兵赶着羊群趁着漆黑夜色向焦王寨的正面压过去。探兵一看这阵势，以为是穆桂英杨宗保的主力兵夜袭，立马报告给焦孟二人，焦孟二人于是率大部队前去迎敌，只留少量士兵驻守大本营。穆桂英杨宗保得知焦孟二人已离寨，立马率主力从大马场经驮马路沿鸡尾山南崖一个叫寨墙的地方，直攻焦王寨大本营。当焦孟率兵与挂着灯笼的羊群相遇后，方知中了调虎离山之计，立即带兵回营。但是，为时已晚，大本营已被穆桂英杨宗保占领。大本营虽被占，可焦孟二人自持武功高强，不愿束手就擒，经过几个回合的较量，最终败在穆桂英杨宗保手下，随后接受朝廷的招安，随穆桂英杨宗保北上抗辽。

传说不是历史。可大洞河的老祖宗们，为了把传说讲得跟历史一样，就创作了另一些传说，以此证明焦王寨曾经真实存在过。这样的传说有哪些呢？

其一，焦王寨"皇城"遗址的传说。传说早年有一位姓熊的采药人进山采药，在鸡尾山顶的密林中发现了"皇城"遗址。这个遗址遗留有金柱头、银磙磴。于是，他留下标记，准备约人去把金柱头、银磙磴这些宝贝搬回家。可是第二天，当他带着三亲六戚爬上山后，标记不见了，

▲传说中的焦王寨（唐春光　摄）

　　路也没了。明明看见了，为什么又找不着呢？民间的解释是，那些金银财宝本不是凡间贪财之人可享用的，是神仙用法力抹掉了标记，移走了金银，点化成了"金鸡"，成为鸡尾山的镇山之宝。

　　直到今天，有一舒姓村民说他也发现过"皇城"遗址。这个遗址在鸡尾山的灯杆堡一个叫水洞的地方。用石磴子砌的石础上长满了木衣子（苔藓），周围长满了箭杆竹。石础上筑土墙，墙体已经风化垮塌。还说用手机摄了像，愿意带着人去寻找。这样的说辞，是真是假，已无考证的必要。

　　其二，焦王寨风水宝地鱼鳅塘的传说。鱼鳅塘就是乡政府附近的一个堰塘，是20世纪70年代修建的，主要作附近居民、家畜饮水和生产灌溉之用。家庭联产承包责任制后，这个堰塘就荒弃了，近年来搞乡村旅游，又对它进行了修缮。目前喂养了一些鱼类，供游客钓鱼休闲。这样一个平常的堰塘，有什么神奇的传说呢？

　　民间流传这样几句顺口溜："九个乌龟困一塘，不知哪是乌龟娘，有人葬在此地上，辈辈代代出君王。"这个顺口溜说的是，这个地方，原来有九个小山峁，堰塘修好了，水位上涨，这九个小山峁时而淹没水中，时而露出水面。这样一种自然现象，被民间神话成，鱼鳅塘里有一只很大的乌龟精，乌龟精吸日月精华和大自然灵气，越长越大，乌龟背壳高低不平，犹如九个小山峁。所以，人们把这只大龟叫"九龟"。

相传，焦赞孟良随穆桂英杨宗保北上抗辽后，回到焦王寨，选了圣鸟神龙护卫的风水宝地——鱼鳅塘为中心作练兵场，日夜练兵。为了发展经济，保障军需，也为了方便与黔北人的商业往来，就在白家屋基北面设立了场镇，取名"飞沙场"；在大梁子修了驼马路；在八庙北面炼铁打兵器，还留下许许多多的铁屎（炉渣），取名铁屎（石）堡；在石梯子岩洞私造钱币（后被查封），留下了"私钱坑"。之后，焦赞孟良占山为王，就在大洞河久居下来，过着自由自在的生活，并终老于焦王寨。

今天的焦王寨，就是大洞河幸福村的别称，是乡政府的所在地。这里原住民本就不多，场镇常住人口不足 500 人。但这里山清水秀，人杰地灵，民风淳朴，生态植被良好，负氧离子充沛，旅游资源丰富，是避暑纳凉的好地方，是来了就不想走，走了还想来的地方。

（徐大惠，女，系重庆市作家协会会员）

走过鸡尾山

｜罗晓红

如果说武隆大洞河让人感到天地玄黄、宇宙洪荒的气息扑面，那么鸡尾山地质公园则是一本写满沧桑的教科书。它裸露出受伤的肌肤，供科学家"解剖"它的心脏，让世人永远铭记这里发生过的惊天动地的变化，品读人类无法抗衡的自然之力。

▲寨门天光（唐春光 摄）

▲天地交融（唐春光 摄）

　　第一次听人提到鸡尾山地质公园，是在离开大洞河的路上。那条路在河流涨水时已被冲坏，密密麻麻的鹅卵石裸露在道路两侧，车在高低不平的泥泞路上左右颠簸着，一不小心车底盘就会被石头磕出砰砰砰的声响。车一步一顿地往前磨蹭，让我很担心下一个参观点的路况是否也是如此恶劣。

　　"这条路曾是乡里花大力气修建的，但每遇涨水季节，道路就会被冲坏。下午要去参观的鸡尾山地质公园的路很好，不会这么烂了！"看着我们担忧的表情，同行的马玄赶紧解释道。"大洞河乡原来叫铁矿乡，矿产资源丰富，铁矿、铝矿等曾经是这里的重要经济支柱。鸡尾山地质公园以前就有一个煤矿，但为了保护生态环境，这些相关产业全都关闭了。我们就靠着这青山绿水及本地的土特产，打造生态旅游，让当地老百姓全部脱贫，实现了贫困户为零的目标！"说起大洞河乡现在没有一个贫困户时，马书记的脸上闪现出一抹难以察觉的笑意。他紧握着手中的方向盘，猛一踩油门，汽车便在凹凸不平、乱石遍地的道路上飞奔起来，我对神秘而苍凉的鸡尾山地质公园，莫名多了一份期待。

离开武隆大洞河时已是午后，金黄的杏叶铺在去往鸡尾山地质公园的道路两旁。阳光打在上面，叶子的经脉像毛细血管一样，清晰可见。长尾雀在路边时而淡定张望，时而腾空飞起，落到丛林中，发出清脆的啼鸣。其实它到底叫什么名字，我并不了解，对大山中的生物大多都很陌生，只是在路边，随时都能发现鸟儿们的身影，这对于长期生活在"钢筋森林"中的我而言，看到它们，无疑是件稀奇而又开心的事情。森林中的植物特有的清香飘进车窗，我深吸一口气，仿佛任督二脉猛然被打开，整个人立刻充满了活力。车窗外，满目苍翠的绿意一直延伸到天际，湛蓝的天空飘着朵朵白云，一会变成苍狗，一会变成踏云而来的仙子，一会又变成高耸的山峦……大山深处的白云像调皮的孩子，自娱自乐，一刻也没闲着，而我，则像刘姥姥进了大观园，东张西望，生怕一眨眼，就错过了悄然而至的美景。

车在山间一路爬升，抬眼远望，悬挂在大山腰间的蛇形山路弯弯曲曲，车辆行驶于山脊树林间，像画家的笔锋，不断游走，勾勒出一幅栩栩如生的山水图。这层层叠叠的大山深处，尽管弯急坡陡，但路况还不错。硬化的水泥路面平整，双向两车道，虽不宽阔，但车辆足以正常通行。

望着窗外掠过的风景，我有些羞愧自己被无知限制了想象，原以为武隆只有天生三桥、仙女山、芙蓉洞、白马山这些众人皆知的人间仙境，当地的陪同人员告诉我，武隆"天生丽质"，随处都是美景，随便到一个乡镇，就能看到大自然的恩赐。现在的武隆，已经成了世界的武隆。单是大洞河乡，就有充满神秘色彩的大洞河峡谷风光、奇石汇聚的焦王洞、巍峨雄伟的大佛岩、气势恢宏的鸡尾山地质公园、极具科考和观赏价值的赵云山杜鹃花海、秀美怡然的穆杨沟田园风光及石墙民居传统村落等。单说赵云山的阔柄杜鹃密

▲堰塞湖（唐春光　摄）

集连片区面积达 2000 余亩，是世界六大奇葩杜鹃之一，数量远超南川金佛山的杜鹃，且这片杜鹃树龄均在数百上千年，是杜鹃花中的佼佼者！

"现在杜鹃花还没开，你们 5 月份再来，就能看到满山绽放的杜鹃花海啦，那景色真是太美了。看嘛，这就是杜鹃花开时的样子。"陪同的工作人员说起杜鹃花时眉飞色舞，自豪地翻出手机里的图片给我看。

他所言非虚，照片中，成片的高山野生杜鹃花朵朵绽放，那些红色的、白色的、粉色的碎花杜鹃、绣球杜鹃、桃叶杜鹃在蓝天白云的映衬下，简直就是一幅天然的画卷。

不知不觉间，穿过山洞，一抬头，便看见路边一圆柱形石山像被巨斧从大山怀抱硬生生劈开了一样，石壁上镌刻着"鸡尾山地质公园"这七个醒目的红色大字。此时，原本一路追随着我们的太阳也藏了起来，天阴沉沉的，让人心情无端凝重。

鸡尾山地质公园是武隆唯一一个因地质岩崩而形成的公园。现在，它还保持着 10 多年前山体垮塌时的原貌，这些遗迹是珍贵的科普资料，是普及地理知识的天然课堂。同时，也能让人们直观感受到地质灾害所带来的破坏力，起到警示和教育的作用。

爬上垮塌遗址旁边的震撼亭，首先映入眼帘的，是

两边斑驳的木柱上那一副对联："一声巨响若盘古开天造地，万方石流似刑天挥斧舞盾。"这短短 22 个字触目惊心，瞬间让人联想到当年惊天动地，惊心动魄的垮塌场景。站在护栏旁远眺，自己仿佛身处悬空的石头之上，四周苍山云海，脚下悬崖峭壁尽收眼底。远山巍峨雄壮，像被刀劈斧砍过的峭壁上那凝重的墨色，和裸露在外的土黄色相互映衬，像画家笔下苍劲的线条，更像是时间老人刻在岩石上的皱纹，让人无端生出岁月沧桑的感叹来。在震撼亭边缘一侧，耸立着造型各异的灰黑色石山，从石缝中长出的不知名植物在风中傲然挺立，仿佛在向世人展示自己坚强的生命力。

▼矿山遗址（唐春光　摄）

探身俯视，悬崖下的一石一草尽收眼底：无数青石散落在崖底，那些巨石大的如公交车一般，它们像一具具铁青着脸的骷髅，没有一丝生气。一块巨大无比、方方正正的巨石"躺"在崖底中央，如一枚巨大的印章，虽历经风霜却岿然不动。从震撼亭走下来，只见路边山体的崖壁形成了巨大的断层，上层是黄色，下层是青色。山野间，巨石矗立。10多年前，这些巨石应该在那山顶之上。而今，让人唏嘘不已。

沿着蛇形山路往前走，路边立有碑，碑文记述着乡

▲鸡尾山雪景 (唐春光 摄)

民灾后捐资修路的事迹。当年鸡尾山轰然坍塌，公路被拦腰截断，全乡村民5年出行不便，政府组织全乡村民和各界人士捐资修路。历时150天，修复鸡尾山断头路，从此天堑变通途，村民不再受绕行之苦。

"白墙青瓦花格窗，绿水青山蔚蓝天！"在离鸡尾山不远的地方，新修的大洞河风情小镇别有一番风味。场镇以灰墙青瓦的巴渝民居为主格调，宽阔的柏油路闪着光亮，道路两旁栽种着具有本土特色的山茶花和杜鹃花，公共服务中心、邮政所、休闲健身广场、场镇集中供水厂、污水处理厂、停车场、公厕等应有尽有。街沿边，村民们三五成群围坐在一起，悠闲地享受着明媚的秋阳。

离开鸡尾山后，刚到大佛岩，太阳便像主人般笑盈盈地迎了出来，碧蓝的天空竟然出现了日月同辉的神奇景象！

（罗晓红，女，网名紫罗兰。系重庆市作家协会会员，为重庆作家网编辑）

坍塌的风景

 石春雷

驻足脚下的这片土地，我的怜悯与敬畏之情油然而生。

我怜悯在山崩地裂中被掩埋的生命，怜悯大自然中被摧毁的美丽风景。一切都那么突然，不可预测，我甚至怀疑这些都不是真的。

我敬畏自然山水演绎的风景，敬畏顽强生命折射出的光影奇迹。远去的终将远去，不管是人还是风景，但不知不觉中，他会以另外一种方式归来。或许，这就是返璞归真的另一种含义吧！

人与自然始终相依相存。鸡尾山如此，铁匠沟亦如此。

鸡尾山曾经的遍体鳞伤是铁匠沟被掩埋的记忆。那些消失的生灵已

▲岩崩遗址 (唐春光 摄)

经与自己深爱的铁匠沟融为一体。他们用生命诠释了自己是这里永生永世的子民。这方山水，就是他们付诸血与火般的青春岁月，也要守护的地方。

放眼望去，那些疼已被朴实的善意与无边的爱修复。

鸡尾山满山遍野的绿意和花香就是他们回馈人间无私的爱。虽然这里也有四季轮回，但你如果肯来，即使冬季也能感觉到春天的暖意。

那些曾经滚烫灼伤的石头，横卧天地之间。一个一个的叠加，

▲远眺鸡尾山 (唐春光 摄)

他们说这是自己用灵魂搭建的天梯。如果你愿意，他们会托举你抵达鸡尾山之最。在峰巅，你可以随意扯下一片白云，做成勇往直前的风帆，放飞你的梦想！

那一汪碧蓝深邃的堰塞湖绝对是他们多情的眼睛，里面装着对亲人的爱和呢语，装着他们对日月星辰和山川河流的无限依恋。如果你喝一口，你定然觉得神清气爽，滋润心田，这可是鸡尾山集天地精华的山泉。

那座庙、那个亭，是他们忠实而虔诚的守望。隐隐的钟声像是祷告，善念传遍四方。累了，就来坐坐，在这样的旷野放下所有，尘事的浮华与喧嚣也被净化。让灵魂得到洗涤，让心灵安个家！尘世间的一切你都会释然，因为你已心静如水。

不经意间发现，岩鹰在空中盘旋，时而俯冲，时而向上，肆意地翱翔着，给鸡尾山平添了几分生动和灵气。

面对遗址纪念碑，我的思绪凝固……

▼鸡尾山遇难同胞纪念台（唐春光　摄）

6.5武隆鸡尾山山体崩塌遇难同胞
纪　念　台

▲飞龙在天（唐春光　摄）

　　我茫然地献上一束小花，以示对逝者的缅怀和慰藉。世间有爱，大地和时光作证！

　　全域旅游和乡村振兴中，我已接触碰到了那些具有顽强精神与担当的人。唯愿，他们的期盼在鸡尾山高歌，他们的祝福在鸡尾山开花结果。我知道，他们都在以不同的方式延续未了的心愿，或许寄情于后辈，抑或寄情于山水。

　　我要把鸡尾山打包带走，回去慢慢品读。

　　我要告诉所有想去的人们：鸡尾山的风景美轮美奂，鸡尾山的故事悲凉低沉。在这里，要学会重新思考和审视人生，学会对自然与生命的敬畏！

　　（石春雷，男，系重庆市作家协会会员，任《三峡诗刊》副主编）

多彩赵云山

如果可以按捺住野心
露在山间的杜鹃花
藏在悬崖的石头
囤积颜色的云彩
绝不会在落日脚下各自秀出美
减缓黄昏降落的速度

的确，
这是光影进入大地
之前最明艳的色彩

此时不需要什么词语来描述
它们命中自带的光
总是向上而生

（文/李影　图/王俊杰）

流云放歌　杜鹃争艳

赵云山，属大娄山的余脉，镶嵌于武隆白马山和南川金佛山之间，横亘在武隆赵家乡和贵州道真交界处，海拔最高处猫鼻梁 1900 米左右。其山势南直北缓，东西绵蜒，中部略高。山名赵云山，或许与大洞河人崇尚英雄、感念功德有关。一种说法是，早年有貌如赵子龙的"赵王"在山上筑寨统兵；另一种说法是，清朝时有强人赵云"占山为王"无敌手；还有一种说法是，有草药名医赵云常在山间采药救治百姓，还留下不少济世名方，从而山以人名。这些传说都无从考证。其实，最靠谱的说法，应当是从"罩云山"衍生而来。因其山高林密，雨多雾大，常年笼罩在风雪云雾中，故称"罩云山"，后来逐渐被叫成了今天的山名。

登顶赵云山，举目眺望，目光所及之处，尽是秀色。不管是在山中行走、崖边观景，还是在树下小憩、花间品香，都是一种返璞归真的浪漫。其中，"杜鹃花海""万树琼枝""梦幻云海"，并称赵云山"三大奇观"。

"杜鹃花海"是最绮丽的一景。纵然姹紫嫣红，谁解千年花语。杜鹃花，作为赵云山最亮丽的名片，正以一种原始而热烈的姿态，展示其妖娆的身姿与颜色，让"天然杜鹃山"更具神奇与色彩。在这里，十多种杜鹃树共生共长、参差错落，组成了国内少有且不同凡响的杜鹃花海。金山杜鹃粉妆玉琢，独秀于林；弯尖杜鹃明艳如火，妖媚动人；银花杜鹃黄白相间，高雅清纯；芙蓉杜鹃金光灿灿、艳丽多姿；大叶杜鹃红得耀眼、醉人心扉……

百里林海，人间花潮。仲夏五月，花语呢喃。漫山的新绿里，透出紫红、红白、粉红、浅黄，一丛丛、一簇簇、一团团，整座山峦都被杜鹃花装扮的妖媚妖娆。移步林中小路，看各色杜鹃花争奇斗艳，仿佛走进一个色彩斑斓童话世界。从山脚到山巅，从山坳到崖壁，到处盛开的花朵，就像是连绵的彩色波涛，在天地间翻滚，进而融合成一幅绝美的人间花海。

阔柄杜鹃，这种奇葩杜鹃，在赵云山集中成片 2000 余亩，延绵数十公里，到处可见迎客松一般的杜鹃老树，树干长满油绿的苔藓，匍匐而生，盘根错节，树梢却挺拔向上，一如大自然造就的天然盆景。

在赵云山，阔柄杜鹃遍布望峰崖、美猴峰、十八罗汉峰，花影婀娜，密集连片，随山势生长，以红色装点季节，铺陈一条灿若朝霞的艺术长廊。每到开花季节，层峦叠嶂的赵云山，俨然成了阔柄杜鹃恣意独笑的场所，怀抱万枝丹彩，张扬着岁月的盛景。因此，赵云山也被誉为"中国阔柄杜鹃之乡"。

这数百上千年且连片生长的阔柄杜鹃，深藏于赵云山的密林深处，沉睡多年，直到 2016 年才被发现。如果不是植物学家们的正名，也许，这种被当地人司空见惯的"猪脚杆花"仍将一直深埋于时间的尘泥之中。

"万树琼枝"是最浪漫的一景。冬日赵云山，万亩原始森林化为不多见的南方林海雪原，雪花掩映的，是一种赏雪玩雪的情趣。赵云山因其奇特的地形地貌、较高的海拔高度、较大的昼夜温差、充足的水气风雾，独得雪花的宠爱。竹林、树林、岩石都戴上了结实浑厚的雪帽，整座山峦成了银白的世界。

那些千姿百态的杜鹃、玉兰、樱桃等，和形似猴子、海马、蟾蜍的山峰，披上银装后，更加婀娜多姿。远山、花草、树木与白雪交相辉映，漫山遍野的树枝挂满了玲珑剔透的冰晶，好似一个冰雪童话世界，又如一幅天然的水墨丹青。与其说赵云山的冰雪美，不如说赵云山的树物美；与其说赵云山的冰雪奇，不如说赵云山的地理奇。

有幸登临山顶，踏雪观景，看群山苍茫，万树琼枝，观雪后初霁时冰雪与云海共存的奇观，的确是一件很浪漫的事情。

当然，赏雪的最好方式是徒步。毕竟，最好的时光、最美的风光，总在路上。有些美景，若非在路上，是极难遇到的。双脚踩在又松又软的雪地上，发出咯吱咯吱的声响，如聆听一首欢乐畅快的歌曲。一路慢行，

·诗意大洞河·

▲千年之作（唐春光 摄）

一路观景，峰回路转，雪景连连，或沐雪而立，或踏雪听音，或凝雪留影，尽情宣泄玩雪的喜悦。

雪落无声，踏雪有痕。经过大雪的洗礼，一草一木，都有了别样的韵味。小路、栈道、石梯穿越尘嚣向远处延伸，隐没于银白的旷野之中。那些嶙峋的岩壁、迎风的树梢上，到处都是层层冰晶、串串雪挂，在刺骨的风中摇曳着惊心动魄的美丽。踏雪赵云山，决不能错过冰凌雪挂之美。那些孕育着花苞的杜鹃树、落了叶子的野树枝、透着青翠的柔竹、断了枝干的枯树，满是沉甸甸、毛茸茸、亮晶晶的雪凇纤尘不染、晶莹闪亮。天气晴好的日子，这些挂在树枝、竹叶、野草上的冰凌雪挂，远远望去，如一串串、一簇簇、一团团耀眼的水晶；驻足近观，五彩斑斓，壮观而美艳。

时光在冰雪中凝固，岁月在色彩间流动，当碧空成为最美的背景板，暖暖的夕阳下，云海与雪山正在等待你。或许，赵云山的雪景并不是最美的一道风景，但当初雪慢慢洒落，当日光照耀金山，当冰凌雪挂如画，当小径栈道幽远，当海马峰上银光闪耀，当冰雪造就的野树怪枝呈现出奇异之美，当氤氲在冰雪中呈现千姿百态，那一刻，赵云山的冰雪，将以它独特的存在、张扬的个性，成为你最好的遇见！

"梦幻云海"是最磅礴的一景。一日四时景，早晚不同天，春秋多变化，冬夏不同风。清晨，赵云山如一幅淡雅的水墨画。轻薄的云雾缭绕在起伏的山峦上，仿佛为山峦蒙上了一层薄如蝉翼的轻纱，柔软而缥缈。人行山间，如浮游于云海之中，神清气爽，心旷神怡；云开雾散，青山显影，山雾躲进山坳，化为缕缕丝绸，山色在微风中潋滟，温醇的朝阳如束束霓光，穿透云海，普照大地，整座山峦陷入朝阳的苍茫黛色之中；夕阳西下，残阳斜照，天边升起片片红霞，座座峰峦连绵起伏，云霞映着山光，随着暮色流转，随之变得柔和而美丽，颇有几分霞光缕缕耀山河的意境。

最难得一见的山光云影，当数梦幻云瀑。当天边现出鱼肚白，群山在晨雾中朦胧，杜鹃在露珠和晨光的滋润中慢慢苏醒，风车在云雾和太阳的映衬下欢快转动。前一刻，太阳还被湿湿的雾气紧紧包裹，似乎睁不开眼。刹那间，晨光便破云而出，一束束金光洒在翠绿的群山上，绘就了一幅欣欣向荣的景象。

此时的流云由北向南而来，多姿多态，或轻逸飘洒，或汹涌激荡，或倾泻成瀑……这种云瀑奇观，如梦如幻，气势磅礴，让人慨叹、流连。当然，如果够幸运，兴许还能看到"佛光"，极目之处，与赵云山遥遥相望，飘逸的云海托起巍峨的大佛岩，此时，圆圆的、红红的阳光温柔地抚摸着它的全身，熠熠生辉，宛如天上宫阙、人间天堂。

人说"风光总在最险处"。要想观赏山中奇绝的云海风景，猫鼻梁

▲海马雪韵（唐春光 摄）

▲雪染杜鹃（唐春光 摄）

·诗意大洞河·

是最佳选择，它是整座山的制高点。站在此处有"会当凌绝顶，一览众山小"的感觉。在这里，方圆百里的风光尽收眼底，可以尽情欣赏辽阔的云海、壮观的日出、奇趣的丛林等美妙风光。

海马峰，因形似海马而得名，是一处观山望景赏云海日出的绝佳之地。站在山顶眺望，眼前是一片壮阔唯美的山水图画：北望，层层叠叠、绵延起伏的山脊线，恰似蛟龙起舞；南望，高耸直立的大娄山，一片葱茏；

▲光芒万丈（唐春光 摄）

东望，白马山的烽火台清晰可见；西望，金佛山的风吹岭映入视野。在这里，还可以体验令人心跳的悬崖栈道，穿越巨石横陈的洞天福地……在这样一个地方，谁也不忍心辜负大自然的一番深情厚待！

当然，作为一座云蒸霞蔚、千峰凝翠的梦幻之山，除了欣赏它美丽的自然风光，还应走进它的人文景观。那山梁上迎风转动的风车，无疑是另一种梦幻之美。

沿着新修的盘山公路来到风电场，站在巨大的风车下，每个人都变得渺小，抬头仰望，巨大的风车在白云的映衬下，显得愈加高大挺拔。巨型的扇叶于半空中时快时慢地转圈、转圈，发出吱吱呀呀的轰鸣声，为这里增添了勃勃生机。

每台风机塔高85米，每片风轮长60余米，这里是重庆片区最大的风力发电站。在每座风机之下，以混凝土浇筑圆柱形基井和基座。风机的机身由几米长的柱子一节节组合而成，巨型扇叶是一个整体。如此重型的机身，要稳如泰山地立于野山、风口，从运输到安装，其难度可想而知。风轮遇风旋转、自动启停、积蓄电能、保护生态，于荒凉之中有了一份热烈，让人们在享受清新自然的同时，还能看到风车那种神奇的姿态、那份特殊的存在。（文 / 彭世祥）

⇨ **游踪漫记**

赴一场杜鹃花的**盛宴**

——┤邢秀玲

　　穿过时密时疏的雨雾，踏上陡峭泥泞的山路，我们向大洞河乡赵云山的顶峰攀登，去观赏世界上罕见的阔柄杜鹃，了却萦绕心中多日的夙愿。

　　提起杜鹃，我们并不陌生，它又被称为映山红、山石榴等，遍布我国南方，尤其是西南地区最为集中。早在唐代，被贬至忠州当刺史的白居易就留下了"忠州州里今日花，庐山山头去年树，已怜根损斩新栽，还喜花开依旧数。"的诗句。宋代大文豪苏东坡也留下了赞美杜鹃的诗文；

明代李时珍的《本草纲目》和徐霞客的游记中也有关于杜鹃花的药用价值和生长习性的记载。当时已有 47 个杜鹃品种，书中特别提到"杜鹃花出蜀中者佳，谓之川鹃，花内十数层，色红甚……"这和流传于巴蜀地区的一个神话故事恰好吻合。

古代蜀国有一位贤明的君主，名叫杜宇，非常关心和热爱他的子民。每到春播季节，他就四处奔走，废寝忘食，催促人们赶快播种，不误农时。年复一年，杜宇积劳成疾，英年早逝。他死后化为一只小小的灵鸟，每到春天，都会提醒人们播种，"布谷、布谷"地啼鸣不已，直至嗓子咳出鲜血。鲜血洒遍山野，染出一朵朵、一丛丛嫣红的花。为了纪念杜宇，人们称灵鸟为杜鹃鸟，称鲜血染就的花朵为杜鹃花。

如此凄美的传说，加之和巴蜀有着千丝万缕关系的白居易、苏东坡等大诗人对杜鹃的推崇，使杜鹃花在这里格外受人青睐，家家户户都有几盆杜鹃点缀阳台，市区各大公园里，也始终有杜鹃花的一席之地。然而，

▼赵云山自然精灵——阔柄杜鹃(唐春光 摄)

移植栽培的杜鹃毕竟气场太小，平台有限，和自然生长的杜鹃无法相比，尤其是和我们这次观赏的阔柄杜鹃相比，就逊色太多。

登上海拔 1900 多米的顶峰，抬眼望去，雨后初霁的山峦一片青黛，和蔚蓝的天空相映成趣，飘浮在山顶峡谷的朵朵白云，变幻莫测，宛如一幅水墨画。

我急切地寻找着目标，当第一株阔柄杜鹃进入眼帘时，就被它那硕大的花朵、粗粝的枝干所震撼，遂惊叫起来："啊，这一定是杜鹃王！"同行的向导、红宝度假村村主任刘禹摇头说："杜鹃王，还远着哩，不过这株杜鹃也有上千年的生长期……"我们继续前行，一路上看到花朵繁茂，色泽浓艳的杜鹃，就拿出手机拍照。越往前走，花朵越大，枝杆越壮，根系越粗。

据村主任介绍，大洞河乡位于渝黔两地交界处，年平均气温 14 度左右，夏季气温最高也超不过 22 度。赵云山海拔在 1100 米到 1900 米之间，日照少，雨雾多，也适宜杜鹃花生长，孕育出了被当地人称为"猪脚杆花"的特大杜鹃。2016 年 5 月，植物学家王海洋教授到此地考察多日，确认这是世界"六大奇葩杜鹃"之一的阔柄杜鹃，树龄均在数百上千年间，是杜鹃花中的王者。大的杜鹃花花冠达 10 米，小的也有一米左右。绵延山脊数十公里，集中成片 2000 余亩。这样的规模，不仅在重庆和全国独一无二，在世界上也颇为罕见。

望着漫山遍野，粉红色的阔柄杜鹃，我不禁感

▲杜鹃树王（唐春光　摄）

慨大自然慷慨的馈赠……无论被山民称为平俗的"猪脚杆花",还是被植物学家命名为"阔柄杜鹃",赵云山上的杜鹃花一如既往,宠辱不惊,坦坦荡荡地生长,从从容容地绽放。每到花季,千朵万朵,千枝万枝,将数十里的山脊装扮成花的世界。山风吹过,如巨龙舞动,似海浪起伏。

我曾经见识过云南香格里拉的高山杜鹃,那片五彩缤纷的花海撞进过我的梦境,但那里海拔太高,杜鹃比较低矮,高度显然不及阔柄杜鹃;我也欣赏过开遍凉山磨盘山的索玛花(杜鹃的别称),那一簇簇淡紫色的花朵美得令人窒息,但花冠很小,色彩也很单一。至于我在浙江"杜鹃之乡"四明山看到的杜鹃,虽然也有上千年的历史,但花瓣稀薄,色泽淡,也无法和眼前的阔柄杜鹃同日而语。

在村主任的引领下,我们终于看到了身躯伟岸、虬枝盘绕的"杜鹃王",果然出类拔萃,气势不凡!遗憾的是,满树深红的花朵已经凋零,只能发出"明年再来膜拜"的愿望。

下山的路非常顺利,顷刻间就到达了停车场。这条路是刚刚修好的,正在往山上扩修。可以预料,不久的将来,这里将成为热闹非凡的旅游区。成了旅游景点后,有些人会不会折断正在开放的杜鹃花,拿在手上当做拍照的道具……

美丽的物种都是脆弱的,越是美好的东西,越要小心翼翼地呵护,稍有疏忽或不慎,将会毁于一旦。珍惜吧!无论是一朵花、一棵树、一条山溪、一块奇石……大自然赋予我们的资源是宝贵的,也是有限的。但愿花常红、树常绿、水常清!

(邢秀玲,女,系中国作家协会会员,任重庆散文学会名誉会长)

 # 徜徉在赵云山和红宝村的**时光**

潘 锋 仲树昌

立冬时节，我们来到赵云山，住在红宝度假村，感受山和村的魅力。虽然这不是一个最好的看山看景的季节，虽然红宝度假村游客稀少，但是，当我们登顶观山，看已过花期的杜鹃花在严寒中结蕾、翠竹在风中摇曳、小野菊在路边绽放、风车在云中转动，仍然能想象到赵云山花开时节的绚丽和浪漫，感受到冬日赵云山别样的情趣。

此时的赵云山，风云变幻，奇景纷呈。一会儿乌云压顶，薄雾笼罩，乾坤失色，大有山雨欲来风满楼之气势；一会儿晴空万里，霞光四射，天地增辉，仿佛为所有翠绿披上五彩霞衣。在山顶徜徉，风在动，雾在动，云在动，人在动，心在动，让我们感受到自然的神奇和魅力。

赵云山最美的植物是杜鹃花，最美的季节是四五月。

赵云山植被茂密，植物种类繁多，有上万亩原始森林和竹海。湿润、

▲晨曦沐浴（王俊杰　摄）

凉爽、通风的半阴环境特别适宜高山杜鹃生长。这里的杜鹃花面积辽阔，号称"万亩花海"。主要品种有阔柄杜鹃、碎花杜鹃、桃叶杜鹃、绣球杜鹃、玛瑙杜鹃等。每年春夏之交的四月至五月，正值杜鹃花的最佳观赏期，漫山遍野的杜鹃花次第绽放，一朵朵一簇簇一片片，五彩缤纷，绚丽浪漫，招来了蝴蝶、蜜蜂，也引来了大量的看客。

阔柄杜鹃是世界六大奇葩杜鹃之一。这种被当地人称为"猪脚杆花"的珍稀杜鹃，只生长在高海拔且生态优良的地方，赵云山便是它理想的生长之地。目前，赵云山阔柄杜鹃密集连片区有 2000 余亩，树龄都在数百上千年之间。阔柄杜鹃花朵美丽，颜色粉红，极具观赏价值。虽是冬季，在满山的杜鹃树丛中，我们还是能够感到阔柄杜鹃和其他杜鹃明显不同。花蕾硕大，叶柄肥厚，色泽饱满，密密麻麻的树枝盘根错节，大的花冠

有 10 余米，树干直径 1 米以上，丰腴姿态卓然不群，不愧有"千花之王"的美誉。真是：

藏世千年孕吉祥，高寒深处贵妃妆。

风轻云淡谁漫舞？百里花丛我为王。

▼落日掩映 (张晓伙 摄)

赵云山还有一景就是在山脊上耸立的 22 座风力发电机，这成为赵云山和红宝村的新地标。这些工业时代的产品，绿色能源的代表，与自然和谐相融，与杜鹃花一道在山脊上蔓延，成为开放在空中的花朵，在大山上展现雄姿，塑造新的天际线和神奇景观，成为各方游客的打卡之地。

每台风力发电机基座高 85 米，扇叶长 60 余米。我们站在风车下仰视缓缓转动的扇叶，能够感受到它慢慢地转动的破空之声在耳边呼啸，颇为震撼。那长长的扇叶，就像是赵云手中的长枪，慢慢舞动，遒劲有力，穿云破天，势不可挡。

赵云山丰富的旅游资

源，也造福了红宝村。真所谓一方水土养一方人。

坐落在山腰上的红宝村，四周还是山，所谓环村皆山也。如果不忌惮清晨的寒冷，不害怕踏碎村落的宁静，徜徉在村旁的山径上，你可以看到第一抹阳光慢慢涂染在对面的鸡尾山的悬崖峭壁上。这时山风似乎也夹裹着《北京的金山上》的旋律在盘山的路上飘荡，旋律在错落起伏的山谷间回旋。我们不仅听到了，我们还哼唱了。

红宝村包括长兴、老房子、大田湾、铜鼓、白岩等 5 个村民小组，共有 265 户 950 人。近年来，红宝村人靠山吃山，做足山的文章，发展乡村旅游，依托自家屋基建起了红宝度假村。目前，全村建有乡村酒店 1 个，农家乐 27 家，民宿 1 家，成为春季赏花、夏季避暑、秋季采摘、冬季踏雪的绝好去处。夏天旅游旺季，每日都有几千人在红宝度假村流连，在赵云山徜徉，在白岩河嬉戏。

冬日的赵云山是静美的，没有盛开的杜鹃花；冬日的红宝村比较冷清，估计是雪还没有到来，抑或是为了迎接明年的春光和盛夏，需要静静的休整一下。但我们却对此地产生了无限眷恋，发出了由衷赞美：

一叶划穿碧落际，黑云压顶四周茫。

云中结蕾杜鹃急，溪上寻虫锦稚忙。

北境缭绕仙女雾，南疆闪耀金佛光。

风车舞动乾坤转，疑是子龙动长枪。

（潘锋，男，资深媒体人。仲树昌，男，任中新网重庆文艺频道主编）

仰望赵云山

谭 萍

探访赵云山，是在一个初冬的午后。太阳像个调皮的孩子，一会儿躲进云屋里，山头阴沉，云遮雾盖；一会儿又好奇地探出头，阳光穿过树林，顿时一片光亮，照在人身上暖洋洋的。

登山步道的两旁，是密密麻麻的竹子。这种竹子矮小而青翠，几乎没有一根一根单独生长的，而是一丛丛，一片片地拥簇着。风吹过，层层叠叠的绿浪一直翻滚到山边，仿佛大山的又一层肌肤。它有一个诗意的名字，叫作柔竹。看似柔弱无骨，实则坚韧不拔，经得起雨雪风霜。冬天大雪纷飞，是它们托举着晶莹剔透的雪花，把整座大山装扮得洁白无瑕。夏天骄阳似火，它们又手挽手、肩并肩，为炙热的大地送去一片清凉。春夏时节，竹笋破土而出，纤嫩细长，经过加工，成为远近闻名的美食。柔竹，就像这山中女子，朴素而秀美，为整座大山增添了一抹柔和的底色，让这座大山生机盎然。

赵云山最值得骄傲的宠儿，当数被植物学家确认为世界六大奇葩杜鹃之一的阔柄杜鹃。树龄在数百上千年之间，树枝遒劲有力，盘根错节；树冠犹如一把把高大的绿伞。每年九月开始，星星点点的褐绿色花萼立于枝头，毫不起眼，甚至常常被人忽略，它们默默无闻地迎霜斗雪。等到来年春风吹起，一朵朵花蕾次第开放，粉红的花瓣绚丽夺目，争奇斗艳，唤醒整个沉睡的山川，延绵数十公里的山岭便成了花的王国、花的海洋。

海拔高、生态好、水源足，为阔柄杜鹃提供了理想的生长环境。作为武隆大洞河乡的主峰，赵云山海拔在1000米以上，日照时间长，雨水充沛，是阔柄杜鹃理想的生长地。另外还有金山杜鹃、弯尖杜鹃、灯笼杜鹃等多个珍稀品种。花开时节，姿态万千，美不胜收。其中一株金山杜鹃，树龄千年，枝干繁多，被当地人称作"杜鹃之王"。当高大的枝条开满鲜花，硕大的花冠于万木丛中脱颖而出，不禁令人啧啧称奇。宋代诗人杨万里有诗曰："何须名苑看春风，一路山花不负侬。日日锦江呈锦祥，清溪倒照映山红。"好一个映山红啊，映红的又何止是山，还有天边绯红的流云、游客微笑的脸庞、山里人红红火火的日子。此时此刻的赵云山，两千多亩杜鹃花齐绽放，人们亲切地把它称作杜鹃山。

自然的馈赠何其珍贵，合理的开发利用也必不可少。赵云山地处武隆、南川、贵州三地交界处，高高隆起的山脊是绝佳的风力发电场。抬头仰望，风力发电机在蓝天白云的映衬下，显得愈加高大，巨型的扇叶于半空中缓缓旋转着，仔细聆听，发出嗡嗡的轰鸣声。据说一小时可发电1500度。顶着风吹日晒，把光明送到千家万户，犹如一排排威猛的钢铁战士。赵云山因此而更俱阳刚之美，蕴藏无限潜能。

赵云山，与当地人多姓赵，尚武，又崇拜三国时五虎上将赵云有关。这样想着，仿佛赵云就要从山头冲下来，左手青釭剑，右手亮银枪，胯下

▲杜鹃雄姿（唐春光 摄）

白龙马，一身白盔甲，哇呀呀一声："吾乃常山赵云赵子龙是也！"一出好戏就要上演……

小心翼翼地穿过一段窄窄的悬空栈道，美猴峰便出现在面前，眉眼清晰可见，活脱脱的一只猴儿就要挣脱山体的怀抱，欲横空出世。山野空旷，适合放飞想象。美丽的传说拉近了山与人的距离。寂静的山林顿时鲜活起来，趣味横生。

探访一座山，你得深入到山的褶皱里，以攀爬的姿势、仰望的角度，把它当作一帧帧风光旖旎的图画，动静随心。只要愿意，你可以径直走到这画里，遥望它的奇峰怪石，触摸它的皱褶棱角，细品它的奇花异草，感受来自大山深处最原始的味道。

喜欢一座山，它一定有着独特的魅力，暗合了你的气质，如诗如画，成为你心目中的向往。到山里去，你便成了诗中人、画中人。登临山顶，极目远眺，天地合一，千山云开。一股神秘而清新的山野气息扑面而来，你的眼界会更加高远，心胸会更加开阔，性情也会更加宽厚。所谓仁者乐山，其中的精髓莫过于此吧！

（谭萍，女，系重庆市作家协会会员，任重庆新诗学会副会长）

杜鹃荡漾云雾中

吴 沛

　　杜鹃树是赵云山上的王。我们坐着越野车往山上走，雾浓得有点化不开，隐约可见雾海里树木茂密，倏一下被推到最高处，一瞬间又跌到了低谷。这些杜鹃树，好像在荡秋千；又像烟雨迷蒙中的蓑笠翁，撑一叶扁舟，缓缓地来，缓缓地去。

　　车到山腰处一个平坝停下，看到有人行道通向山巅。我想我们是闯入这些遁世已久的杜鹃树的国度了。

▼雾凇奇观（唐春光 摄）

一片片，一丛丛的杜鹃们惊诧莫名，"你们是谁？"仿佛在说，"你们这些家伙，来这里干什么？"我们用人类固有的宣泄方式吐纳着浑浊的声波。胆大一点的杜鹃树伸出枝丫，抚摸你的脸，拍拍你的肩，还试图抱住你的腰；胆小一点的杜鹃树慌忙闪躲，有躲闪不及的，险些掉进山崖，是那些雾，及时托住了它们。人行道蛮横地推开挡道者，固执地向上延伸，这些颇具王者气象的杜鹃们也只有退避三舍。人声，树的私语，都融进了雾里。

赵云山是大娄山脉的一大主峰，像挂在这绵亘千里的山脉腰间的一枚翡翠，我们在这枚翡翠里穿行。杜鹃树统治着这植物王国，弯尖杜鹃是土司，桀骜难驯；芙蓉杜鹃是王妃，端庄得体；大叶杜鹃是谋臣，聪颖智慧；灯笼杜鹃是司礼，谦逊有礼。最多的阔柄杜鹃，是这里的卫戍，它们的开放让一个季节开始燃烧，在整个赵云山燃起一轮又一轮火焰。

退避不及的阔柄杜鹃不小心被我逮住了枝丫，原来早有花蕾潜藏其间，杜鹃花开花要到明年五月，还早着呢，还有近半年时光。原来它们早早地就准备着，屏住呼吸，以待来年璀璨绽放。

这些杜鹃树的生命，已经与赵云山连在一起了，有偷掘者移于庭院，不几日，主干就枯萎。我深信，这些植物已被造物主赋予灵性。不知它们拙朴的躯干里藏着多少心思；也不知它们紧紧抓住大地的虬枝劲节里，藏着多么强大的思想和坚定的信念；我当然无法洞悉，这些隐忍的花蕾里，

是不是还藏着一颗颗高贵的灵魂。它们一律倒伏着生长，或许是在用这种方式展示着他们顽强的生命力。一丛丛一簇簇地斜伸出来，分不清主干和枝丫，就这样手牵着手，心连着心，耳鬓厮磨，高兴时听听鸟语，落寞时望望星空。这些令人讨厌的雾啊，憋得人心慌，它们有时又宁愿将头深深地埋进雾里。

杜鹃树都会选择海拔高度。它们的近邻南川金佛山杜鹃，和远亲贵州毕节百里杜鹃，也都生长在同一个海拔高度。这两处的杜鹃更像时髦的妙龄女郎，更愿意走到人群中，敞开心扉，接受人们的赞美。而赵云山的杜鹃，更像山村少女，含羞而立，有人来，就躲在门缝后偷偷瞧，偶见形象不佳的人踉跄走过，就乐得笑弯了小蛮腰。

杜鹃花的开放要等到明年，其实我早已看见枝头的花蕾在炸裂，满山满坡的花在燃烧，那些藏在花蕾里的"岩浆"呼之欲出。此时，有雁阵在头顶嗥鸣，呼啸而过。

（吴沛，男，系中国作家协会会员，任重庆市武隆区作家协会主席）

▲云蒸雾霭（唐春光 摄）

我爱赵云山的杜鹃

丨 邓帮华

　　我是爱花之人，喜欢牡丹，也喜欢杜鹃。听说武隆大洞河乡赵云山的杜鹃花开了，点燃了我的兴致，有了情窦初开少女般的冲动，心潮澎湃。于是我踏上了去赵云山看杜鹃花的旅程。

　　大洞河乡位于渝东南武隆区西南面，大娄山和大梁子山像温情的母亲，用它那宽阔的胸怀把这个满怀希望的孩子紧紧地抱在怀里。大洞河乡南高北低，群山逶迤，沟谷陡峭，形态万千。

　　走进这个神秘的地方，俊秀的大洞河、深邃的龙田沟、磅礴的大佛岩、逶迤的大梁子、清秀的羊石岩，处处美景，别有风情，令人沉醉。

　　我对大洞河乡情有独钟，因为这个地方充满了传奇与唯美。特别是赵云山的天然阔柄杜鹃花，更是闻名遐迩，吸引了不少游客，也召唤着我前行。

　　小时候，我看过电影《闪闪的红心》，乡亲们在漫山遍野的杜鹃花里迎接红军的情景还历历在目，潘冬子的勇敢、机智和不怕困难的精神一直鼓励着我前进。那时候，我经常和小伙伴到十里外的大山打柴，看到杜鹃花零零星星地开在山崖、开在灌木丛，点缀着绿水青山，就特别喜欢它。那些杜鹃花因为开得少而显得特别稀奇，我们会情不自禁地穿过

▲山巅之花（唐春光 摄）

林子，去摘杜鹃花，那些杜鹃花红的像火，粉的像霞，特别惹人喜欢。我们把美丽的杜鹃花插在腰间，插在挑担上带回家。我们看着芬芳的杜鹃花在挑担上晃动，心里充满喜悦，十余里回家的路程都不感觉累，转眼工夫就到家了。

我无法想象，如果看见了赵云山漫山遍野的了杜鹃花，那是何等的震撼与惊喜。

今年五月，我和同伴，驾车沿着弯弯曲曲的盘山公路登上了赵云山，看见了赵云山美丽的杜鹃花，领略了赵云山杜鹃花海的磅礴气势。站在赵云山的山顶，举目四望，粉红色的杜鹃花靓丽了我的眼眸。远处、近处、高处、低处都开满了杜鹃花，像粉红的彩霞撒满群山。杜鹃花有的开在山崖，有的开在竹林里，有的开在灌木丛中，它们好像大型舞台上的歌女，在凉爽的风里翩翩起舞，展示着笑靥和优美的舞姿。看到这花的海洋，难道你不会闯进花海，亲吻这些大山里开出的美丽奇葩？

走进花海，我的同伴三个一组、五个一群，都被淹没在花的海洋里。

我的一位同伴是植物系毕业的大学生，她看见眼前这些鲜艳的杜鹃花，脱口而出："这是阔柄杜鹃花。"于是，她滔滔不绝地给我们讲了阔柄杜鹃花的特点，让我更加亲近这些美丽的花朵。赵云山的杜鹃花海是大自然的杰作，这里的每一棵树，每一朵花都没有经过人工雕琢，展示了原生态的自然美。阔柄杜鹃花为灌木类植物，因为高寒气候，这里的阔柄杜鹃花树一般都在三米高左右，由于是天然生长的花树，所以不像园艺师培植的那么整齐，有的单株，有的三五株长在一起，有的是数不清的一大片，但每树杜鹃花都开得那么鲜艳，开得那么美丽动人，芬芳四溢。

阔柄杜鹃花不但花朵美丽，花香飘逸，而且优美的身躯与枝丫也让人百看不厌。那些只有饭碗口大小的杜鹃花主干形态各异，姿态万千。黑褐色的树皮上到处长满不规则的裂口，像饱经风霜的老人粗糙的皮肤。有的主干被苔藓紧紧包裹，好像穿上了绿色的衣裳。有的花树直立着，高高地擎着花朵；有的把身体紧紧贴着地面与大地亲热，全身开满了花朵；有的花树像缠绵的恋人，你依偎着我，我依偎着你，害羞似的用粉红色的花朵遮住了脸庞。不同的杜鹃花树有不同的形态，不同年轮的杜鹃花有不同的模样，让你看不完，也看不够。

我们都陶醉在杜鹃花海，在花的海洋里遨游。摄影爱好者举起相机，记录下了杜鹃花永远的美丽；美丽的姑娘，靠近粉红的花朵，把花朵当

▲杜鹃花海（王俊杰　摄）

成恋人亲吻；有的游客在花丛里，情不自禁地唱起了爱情民歌。

如果说云蒸霞蔚的大洞河乡是人间仙境，那么赵云山的粉红杜鹃花海就是人间仙境里的一个天然大花园。你在花海里徜徉，永远都不会厌倦。

我爱赵云山的红杜鹃，杜鹃花永远开在我心里。

（邓帮华，男，系中国作家协会会员）

雄秀大佛岩

他一定停留了很久
双手合十俯瞰人间的慈容
与一座山惊人雷同

万物幻化，星月闪烁
神的旨意带着佛光
款款而来

在大佛岩
我除了摒除身体里的邪念、贪欲
就是吸取满地散落的洁白虔诚
除此
别无选择

（文／周鹏程　图／唐春光）

佛影禅境　石林探幽

　　岁月更迭，时光流逝，大佛岩却默默地守候着这片山水。

　　大佛岩位处大洞河乡百胜村椿天坪，因山岩形似佛像而得名。辖区面积 20 平方千米，海拔 1830 米。

　　从山下观大佛岩，大佛岩巍峨雄伟，倚天而立。岩石上那十多米高的巨大佛像清晰可见，佛慈眉善目，背靠山体，跏趺坐，洁白如玉的光萦绕在佛周身。石佛不言不语，淡看世事沧桑。由岩石风化而成的绝壁景观装点着大佛岩。当地人讲，大佛岩其实有三尊佛像。每当霞光四射、残阳如血之时，若能找好观赏角度，就可看到两座石佛相望的景象，还可从大佛岩与太阳光交相辉映中欣赏到"大佛夕照"的奇观。

　　读懂大佛岩，除了远眺，还得登顶。循着菊香，一路向上，但见群山逶迤，云海苍茫，杜鹃含笑，野竹舒展。至山顶，登亭临风，可远眺金佛山的迷离倩影，打望（重庆方言，观望的意思）仙女山的雍容秀色，静听苍山气息。站在亭中，面崖观景，看佛光、赏杜鹃，仿佛置身画中。夕阳西下，霞光万丈，点点金光泼洒在山崖上，"大佛"恍若金光镀身，耀眼夺目，让人叹为观止。

　　大佛岩上的"将军崖"是重要的一景。岩峰壁立于天地之间。一眼望去，整座山崖似一尊巨佛，肩宽胸阔，额头饱满，眼睛深邃，耳朵宽厚，鼻子高挺，仪态端庄，气韵十足。

　　佛光，是此处一绝。雨雪初霁，太阳西照，流云缱绻。太

▲佛光掠影（唐春光 摄）

阳的余晖斜照在山下的云朵之上，红晕在外，紫光聚内，中心部分发亮的彩色光环，这就是佛光！无论晨昏、雨雾，千年古佛，静坐山岩，庄严肃穆，仰视大佛时敬畏之心油然而生。

站在山顶，极目远眺，日月同辉，天地安详，景象雄秀壮阔，胸襟随之开阔。若是晴日，悠悠蓝天，皑皑白云，俯视千里田园，仿佛可以闻到甜甜的稻香。

▲崖顶石林（唐春光 摄）

在大佛岩，"寄生石林"是不容错过的一景。沿大佛岩东侧盘山步道行进，来到一片野花漫径的坡地，在杂树环生的丛林中，分布着一片姿态各异的"寄生石林"。这片寄生石林属喀斯特峰林，伴生于岩松、玉兰、山竹、六道木、野石榴等稀有树木之下，不时有藤蔓缠绕，造型优美，栩栩如生。整个区域内，石峰、石芽、石笋、石柱、石屏遍布，那千姿百态的造型，仿佛让人进入了一个新奇的天地。有的如威严武士，整装待发；有的如诗仙醉酒，似醒非醒；有的如雏鸟欲飞，憨态可掬；有的如亭亭少女，眉目传情。

在石林中行走，有两处奇特的景观最为震撼，那就是"大佛龙印"和"一石三木"。在石林入口的悬崖草坪上，一处4米见方的群生石林，神似草丛间一条静听山音的巨大"盘龙"。细看，那些高低不平的石痕，如群龙聚首时留下的足印，故称"大佛龙印"。"一石三木"位于石林中段，悬崖边一石横陈，山花野草环绕，而石头缝中却突兀地长出一棵古树，更出奇的是"一树生三木"，山玉兰、蔓九节、鸡蛋花三种植物长在同一棵树上，三种枝叶和花朵同时绽放，风姿各异，壮观奇绝。对这些亦幻亦真、超乎想象的自然景色，我们在心中顶礼膜拜。（文 / 彭世祥）

⇒ **游踪漫记**

大佛岩的**样子**

├〜〜〜〜〜〜〜〜┤ 杨 菁

应该有寺庙。

或是在山顶，或是在半山腰。一座小庙，很清静，很古旧；一个老和尚，慈眉善目，长长的白胡子里，深藏着禅机和哲理。

应该有佛像。

来自唐宋抑或明清的匠人，早已在岁月中成烟成尘，但他们用铁锤，用凿子，用无比粗糙又无比灵巧的双手雕刻而成的一尊尊佛像，却留了下来，气定神闲地穿越时光。

山中有佛，佛在山中。这是去大佛岩的途中，我为这座栖身于武隆大洞河乡的高山画出的样子。

阴雨绵延了月余后，终于得以露面的太阳抖擞了精神，高挂天空。太阳升起，月亮却并不急着落下，蓝得没有一星杂质的天幕上，一枚皎皎弯月，说不出的娴静。见过日月同辉，不过 9 点多了仍然同辉着，好像就没见过了。大洞河的乡民说，这是大佛岩特有的景象。

▲大佛岩（唐春光　摄）

大佛岩辖区面积 20 平方千米左右，海拔 1830 米，三面皆为峡谷，与其他山体断然分离后，傲然耸立于群山之中，险峻陡峭，千仞壁立。

对于一个生活在浅丘地带的人，高山与大海一样，都让人感觉神秘而神奇。总会在走进山里时，想起一句歌词：山里面有没有住着神仙？

上山，去会神仙。

先到了一片石林。石峰、石磴、石笋，或站，或坐，或卧，像是在

▲映山红遍（唐春光 摄）

开一次随意的坝坝会，与会者们千形万状，有的憨萌，有的肃然，有的在笑，有的在恼，有一位拉下脸正打算拂袖而去，有一位就赶紧挂起笑脸追了上去。

它们，仅仅只是石头？那一句"山里面有没有住着神仙"犹在心头盘旋。动画片《大闹天宫》中，孙悟空问王母娘娘的蟠桃会都请了谁时，七仙女娇滴滴的回答已越过童年，直达耳畔：上八洞神仙，中八洞神仙，下八洞神仙。

当人们转过身的时候，石头们会不会突然睁开眼睛，捂了嘴，狡黠一笑？当无人叨扰的时候，更高大、自在的大佛岩，会不会觥筹交错，一片欢声笑语？

没有想到大佛岩的坝坝会一场接着一场，当你刚刚走过一段窄而陡的悬空栈道，看到那些敦实而沉稳的石头，或青或褐或赭黄或灰白，或如骏马飞鹰或如神龟海贝，少不得要凑过去，歇个脚，让擂鼓的心脏放松下来，去听一听石头们讲述什么叫流年暗换，沧海桑田。

如果说石头是大佛岩的骨骼，那么树，就是大佛岩的血液。高山多古树，而古树常叫人生发感慨：人至耄耋已是龙钟老态，树活千岁照样枝繁叶茂。对我来说，大佛岩的每一棵树都是陌生的，却也是熟悉的，它们和我入定般仰视过的老树一样，躯干虽粗粝如斧凿刀刻，枝叶却鲜润水灵。沐浴过唐宋月华的绿色血液，不停歇地流淌，汇成浩浩江河，将大佛岩滋养得郁郁葱葱，让行走其间的每一次呼吸，都散发着一丝遥远的、清香的气息。

路越来越陡，不认识的树也越来越多。

其实认识的树原也没有几种，即便见过几面的高山杜鹃也被我喊成桂树。那是金山杜鹃。走过百年千载的金山杜鹃，盘曲虬结，仿佛树中的八爪鱼，每一段触须都爬满了厚厚的苔藓，与腰身壮实的树好有一比。

还有阔柄杜鹃。正是立冬时节，却挂了满树的花蕾，密密匝匝，挤挤挨挨。杜鹃不是春天才开吗？一问方知，阔柄杜鹃的花蕾始于秋天，开于春季，历清秋，经严冬，怀胎六月，那一声春来之啼，该是多么嘹亮，多么恣意！如压抑了半个世纪的歌喉，如江河解冻，如火山爆发，哗啦啦，轰隆隆，映红了大佛岩，映红了岩上的那片天空。

也有叫得出名字却不敢相认的，准确地说，是不相信。那树，细长的叶间，圆溜溜的小果子如红宝石一般，精致的可爱。有人说，这是红豆杉。并非一棵，而是一排排站在身边。不可能吧，红豆杉因可提取紫杉醇被滥垦滥伐，陷于濒危状态，偏偏在大佛岩繁衍生息、颐养天年？可大洞河人骄傲地说，这就是红豆杉，在大佛岩，有红豆杉这样的原始植物群。

好嘛，不服气不行。几只鸟儿拖着长尾巴飞过，丢下一串悦耳的歌声，像石上清泉，像幽谷笛音。

奇石、异树都造访过了，可是佛像呢？上下左右那么一看，什么都没有。

但还是上下左右那么一看，却又什么都有了。

大佛岩正南面的峭壁上，石与树联手打造出一尊佛像。你看，那不是佛的眼睛、鼻子、嘴巴、耳朵吗？那不是佛像身上的袈裟吗？那尊巨大的佛像，肃穆庄严，令人心生敬畏。

再看，一面灰白色、寸草不生的崖壁上，观世音菩萨端坐着，手持净瓶，慈祥端庄。有人惊呼，像，太像了！可我觉得，不是像，也不是太像，那分明就是观世音坐像。

再看，执慧剑的文殊菩萨，乘白象的普贤菩萨，驾独角兽的地藏菩萨……都在你的凝望中，一一呈现。

看山是佛，看佛是山，放下心中的执念，目光渐渐变得通透，内心渐渐变得宽广。

走出大佛岩时已经 11 点多，阳光晃得人手搭凉棚，而那一枚皎皎弯月，依然娴静地挂在天边。

日月同辉，天地安宁，在岩壁之上，在草木之中，在山色与鸟语之间，各路神仙、各位菩萨潜心修行。

——那是，大佛岩的样子。

（杨菁，女，系中国作家协会会员，任重庆市潼南区作家协会副主席）

跋涉佛性山梁

─────────────┤ 吴 沛

　　一抬头，一道硬朗、雄浑的山梁横亘在天际，仿佛有光芒隐隐流泻。侧身看，巨岩上一个巨大的佛像，法相庄严，耳畔开始有梵音萦绕。那道岩壁，被膜拜者的虔诚之手抚摸得光滑透亮。

　　是谁最先发现大佛岩岩壁上的佛像？传说不可全信，地方志亦没有记载。我想是佛自己告诉大家的，但谁听到的呢？芸芸众生都听见了，只有那疯疯癫癫，衲衣百结的老和尚没有听见，老和尚说他从岩壁上来，要回到岩壁上去。

　　余秋雨先生题南川金佛山：山即是佛，佛即是山。大佛岩又何尝不是呢？事实上，大佛岩与南川金佛山，两山相峙而立。

　　在大佛岩，运气好，你可以看见佛光，当地村民见过，他们讲得绘声绘色。我曾见过雨后的彩虹笼罩在佛头上，不知这是不是佛光。空山新雨后，你可以去碰碰运气。

　　大佛岩是大洞河的发源地，河水清澈，波光粼粼。沿着溪流向前行走，脚下水波荡漾。两岸野花一丛丛一簇簇，像调皮的小女孩在打闹，你追我赶，沿着山溪，倏忽逃得无影无踪。

　　佛在绝壁上思考、布道。我们在山脚跋涉，曲折向上。

　　（吴沛，男，系中国作家协会会员，任重庆市武隆区作家协会主席）

▲天然佛像(任恒权 摄)

心中有佛境自宽

—————————⌇ 施迎合

到武隆，心是欢快跳着的。不仅因为那里有我向往的天生三桥、仙女山等景观，更因为那里有享誉华夏的喀斯特地貌。在我眼里，那一座座陡峭高耸的山峰，就是一个个雄性的符号，那上面写满属于武隆的文字，闪着缕缕神秘的光，古朴而苍凉。

此刻的武隆山水，却不以我的中意青睐于我，它把那些早已铭刻在游人心里的青葱景象深藏起来，伸出金色的手指往前一指，一条涌动的大洞河就在盈满绿意的峰峦深处缓缓流出，没有半点掩饰和虚假，那跳动着的晶莹浪花和延绵不绝的山壁、林海，以及无数不知名的花花草草竟像一个个会舞蹈的精灵迎着我们而来……

说老实话，大洞河在我的记忆里是陌生的。当我听说这次采风的目的地是武隆大洞河时，脑海中倏地闪现出一个大大的疑问。大洞河呀大洞河，你是以"洞"和"河"取之于名，还是你天生就有洞的深邃和河的水灵？

怀着深深的好奇开启大洞河的地理密码，大洞河的神秘面纱在我眼前缓缓地掀起：大洞河乡位于乌江画廊武隆段南岸，紧临南川山王坪度假区和乐村兴茂度假区，海拔400米～1948米，是夏季避暑、冬季赏雪的养生度假胜地……

品着文字的内涵一步一步投入大洞河敞开的怀抱，那些超乎文字的景致像这个季节久违的阳光聚拢又散开，温暖透彻的气息一点一点浸润

进我们因新奇而红亮的肌肤，正应验了那句：景色是新的，感觉是奇妙的，我们行旅的脚步是快乐的。

站在大洞河乡鸡尾山和穆杨沟的高处，一座高高耸立、绵延不绝的银白色山脉总是在不经意地出现在眼前，像挥之不去的一朵流云吸引着我的目光，久久凝视。遥望询问，啊！那竟是大洞河一景——大佛岩。据大洞河乡情介绍："大佛岩位于百胜村境内，因山正南面的岩壁上天然生成的一幅形似佛像的图案而得名，石佛由千百年来岩石风化自然而成。岩石高375米，巍然屹立……"

读文望山，果真如此。天边，彩云飘浮，蓝天如镜；大地，稻穗铺金，山麓吐翠。一片浓厚的云游过来了，像厚重的棉被把大佛岩紧紧裹了起来，大佛岩就深藏在了云里，若隐若现，仅露出一双慧眼，注视着仰视它的人。一会儿，云散了，天边也随之亮了，佛也呈现出红润的笑容。此刻，和煦的阳光照耀，点点金光洒在大佛岩上，那偌大的岩壁竟浮现出难得一见的景致，银白色的山崖和流金的霞光融为一体，让人情不自禁地生出一种错觉，佛是一座山，山是一座佛，望山生灵性，佛自在心中……

如果远望是情绪的放纵，以我诗人

▼乌龟石（唐春光 摄）

的理解，近观则是意蕴的收拢。就像构思一首诗一样，诗境的收放自如，当是衡量一件作品是否成功的关键所在。此时，我身处大佛岩的心境即是这样。当我奔跑的心随着蜿蜒曲折的山路抵达大佛岩脚下时，我完全没想到大自然的奇异密码竟然藏在山林中，叫我走进去即有了身在绿林境自宽的感觉。

我完全忽略了大佛岩与生俱来的美丽与神秘。当我踩着松软的野草，沿着逶迤的山路走向大佛岩。

蛇行的山腰间，时而道路险峻弯曲，需手脚并用方能通过；时而曲径通幽，穿过一片丛林眼界豁然开朗；时而有年代久远的石林巍巍耸峙在苍山密林深处；时而有高山杜鹃、红豆杉等野生珍稀植物闪现在眼前；大佛岩的妙趣就像一部永远看不够的神奇之书，精彩就在那片片绿叶、

▲大佛暮晚（唐春光　摄）

尊尊奇石、古树花草、啁啾鸟鸣中……而我则成了这部神奇之书中的见证者。

有道是，旅行的乐趣就在不知疲惫的跋涉中，就像一个登山者，在筋疲力尽时蓦然看到山峰就在眼前，那征服自然的勇气定会满血激活。因为曙光在前，高耸的山顶正在招手。此时的我也是这样，当我裹着风尘站在大佛岩的顶峰，眺望群山逶迤，饱览山水相连碧峰秀色时，"一览众山小"即是此时的写照。

"快看！那就是大佛岩……"正沉浸在无边遐想的我被友人的一声惊呼唤回了现实。果真一座山耸峙眼前。那佛惟妙惟肖，活灵活现，宽阔的前额，佛眼大而深邃，双耳厚实垂肩，鼻、嘴清晰可辨；山岩是佛的身体，肩宽胸阔，坦坦荡荡。此时正值阳光明丽之时，那艳丽的光照在大佛岩上，恍若金光……

远近相望皆是景，心中有佛境自宽。我不想刻意探寻大佛岩的来历，虽然民间有许许多多关于大佛岩的传说。重要的是大佛岩真实地存在着，存在于武隆的大美山川，存在于大洞河诗意的山水里，这就足够了。哦！在武隆大洞河，我感触到了大洞河水的温度和流淌自如的气度，更触摸到了大佛岩深藏的气韵，那气韵萦绕在我心中，一种难以言说的言语沉淀、浓缩、升华开来，便成了武隆、成了大洞河自然天成的辽阔意境，如袅袅梵音，宛转悠扬……

（施迎合，男，系重庆市作家协会会员，任重庆市江津区作家协会副主席）

仰望大佛岩

| 吴 丹

▲将军石（唐春光 摄）

大佛岩，浑然天成的奇迹，我心中极致的精神坐标。

穿过山村、梯田勾勒成的世外桃源的画卷。顺沟向北，便是大佛岩。在这座山正南面离岩顶 50 米的峭壁上，有一尊高约 10 米、宽约 5 米的佛像。佛两眼微微垂下，凝视着大地，似乎在注视着世间万物，眼神睿智慈祥，两耳宽厚，似在聆听大地之声。佛像与周围的岩壁巧妙地合为一体，佛像四周仿佛有一圈白色的佛光环绕。

我站在你的脚下，凝神仰望着悲天悯人的你。你宽广的胸怀让我心里充满了敬意。

夕阳西下，洁白的云絮将天穹擦洗得锃亮，橙红的霞光四射，浑然天成的佛像仿佛闪着金色的光，散发着浩然正气。大佛岩和七彩祥云交相辉映，庄严肃穆，蔚为壮观。

当我那世俗的目光遇上大佛穿透一切的目光时，我的心猛然颤抖了，人世间的一切烦恼顿时化作乌有。看到你，我才明白了什么是超凡脱俗，什么是大彻大悟，什么是永恒的平静！我感受到的是那种不可言说、直击灵魂的生命震撼和审美震撼。宏阔、伟岸之美，沉郁、平静之美，雄健、自强之美交织在一起，如此缤纷、灿烂、壮观！

走过了千年的沧桑，你依然仪态万方地端坐在那里，微笑着。我望着你震撼人心的美，望着你看穿尘世的笑，心里蓦然充满了无尽的感动。

你头顶湛蓝的天空，映衬了你千年万年；你身后巍峨的大山，守护了他千年万年；你脚下清澈的流水，陪伴了你千年万年；你所在的这方土地，你庇佑了千年万年。几千年过去了，大洞河人民用勤劳的双手，筑路造屋，生活得越来越好。

古人说："心中有佛，眼中才能看见佛。"山民不建寺庙，隔山拜佛。人与自然和谐一体。不远处，上万株野生的杜鹃花郁郁葱葱，铺满山岗。花开时肯定满山遍野都被绚丽的红色笼罩着，若沉醉其间，好不惬意。路边那棵老茶树饱经风霜，满目疮痍，仍生机勃勃。

石佛慈悲为怀，庇佑苍生。大佛呀，太阳在你的身后染红了云彩，

▲恐龙石（唐春光　摄）

你笑了，笑得那么祥和。

你脚下古老悠长的河水，清澈而安静地流淌着。它无声地向来这里拜谒你的人们诉说着你千年万年的故事，千年万年的风华。

我真心地祈祷：愿大佛岩的大佛永远微笑，佛光永远普照。

（吴丹，男，系重庆市作家协会会员，任重庆市南岸区作家协会副主席）

大佛岩记

| 郑 立

　　佛教传入中国两千余年，以佛名岩，称大佛岩之名的，在天南地北，已不胜枚举。我说的大佛岩，是武隆区最著名乡村旅游景点之一，在大洞河乡政府以西 8000 米的百胜村，海拔 1830 米，垂直高差 350 米，是一座山势奇绝的巨岩。无论在这大佛岩的岩顶、岩腰，还是在岩底，或在 5000 米之外，都能看见形神迥异的佛影。

　　大佛岩整个山体坐南朝北，大石佛由崖壁岩石风化而成。夕阳西下，霞光万丈，大佛岩与七彩丹霞交相辉映，大佛仿佛从天而降，当地人称这一景观为"大佛夕照"。近年来，不少游客慕名而来，百胜村在村民活动中心附近建起了观景台，方便游客远观大佛胜景。佛在善男信女的眼中，形态各异，惟妙惟肖。

　　大洞河民间有关于大佛岩的传说。远古的时候，一位天神受玉帝之命，在人间收罗一批珍宝送往天庭。天神押宝路过大洞河时，被这里赛过仙境的人间景色迷住了。他流连忘返，把所押珍宝藏入大崖下的石洞中。天神化身为俗人，走村访寨，被热情好客的村民像亲人一样接待。天神离开时，在石洞里留下了一半珍宝。后来，住在山崖下的人，常在

▲夕照大佛（王俊杰 摄）

漆黑的夜晚瞧见岩体上闪着莹莹宝光。有一个叫刘三的人，为了弄清其中的缘由，一连十几个夜晚守在崖下，终于发现蹊跷。原来，是从岩壁的几道细缝中透出来的光。第二天，刘三带人掘宝，那几道缝隙却没有了，岩壁坚硬如铁。当晚，刘三做梦，梦见了一位金盔银甲的天神。天神告诉他，天下之宝，天下人共享，这里的珍宝任何人不可觊觎。此后，大崖壁之上浮现出一尊大佛像。大佛岩，由此而来。

我初识大佛岩，是在 2010 年暮春。大佛岩南崖有岩体坍塌，岩下数百村民必须迅速搬迁，我和两位同事进村开展动员工作。走进搬迁户钟秉祥家里，我劝他带头搬迁，异地重建家园。钟秉祥，这个三十多岁的汉子和年龄相当的妻子泪流满面地说了同一句话："谁愿意丢开故乡去依附他乡呢？好歹这里是祖祖辈辈的家呀！"最后搬离的那天，在推倒房屋的轰响声里，不少村民掩面而泣。钟秉祥和妻子看着祖房顷刻之间变成了平地，泪流满面。仰望雄踞危顶的大佛岩，我心里也是十分难过。好在避险搬迁的村民安置妥当，钟秉祥一家迁到南川区水江镇，过上了安稳的生活。

此后，我几上大佛岩，或看日出，或赏杜鹃，或谒佛光，不遇雨雾，就见岚云，大有因缘不至之憾。弥补了我这一遗憾的，是 2020 年 11 月 7 日 "诗意大洞河第二季采风笔会"。那日，晴空万里，大佛岩清影如洗，重庆作家黄济人、王明凯、周鹏程，诗人向求纬、胡万俊、唐力等三十余人登临大佛岩，一览了 "山即是佛、佛即是山" 的气韵。

9 时，百胜村的观佛台上，阳光如瀑，巍峨的大佛岩，如一幅巨画挂在我们的面前。此处观佛，大处入目，依山体而观，巨大的佛身占岩崖三分之一。大佛慈眉善目，和蔼可亲，给人一种正气凛然、大气雄浑之感。小处着眼，凭高崖上双掌合十的岩影而观，岩中有佛，佛中有岩，佛威严安详，虔敬恬然。作家诗人们各有所思，各自讲述着自己看到的佛，这就是大佛岩的神奇之处。

10 时，我们抵达大佛岩口的杜鹃亭。杜鹃亭建在山垭北坡的翘顶上。在杜鹃亭，可以俯瞰穆杨沟密叠的玉带梯田，可以倾听漫山黄草、绿竹、翠树的轻叫，可以让身边的一棵红豆杉唤来无尽的遐思，清风日朗，山光水色。极目而望，山野如锦，那些或隐或显的山茶花、杜鹃花、玉簪花、天荷花……摇曳生姿。

11 时，我们沿着杜鹃小径，从东向北，由北至西，用脚把大佛岩顶丈量了一遍。在东崖，目睹了横卧岩畔的恐龙石和探出悬崖的灵龟石，它们是沧海桑田的物证，更是天地洪荒的暗语。在北崖，饱览了将军崖的沧桑古木和漫漶石林，鸟瞰阳光之下大洞河乡的雄浑辽阔与婀娜多姿。在西崖，凝望神女石，比肩大佛石，远眺南川区的金佛山，思接千载，所有的辛劳在春天里挥汗，所有的奋进在夏天里奔流，所有的渴望在秋天里熟稔，所有的念想在冬天里孕育。

12 时，我们在观佛亭小憩。不少人游兴未尽，相约下次再观大佛岩。

此时红日中天，金光万丈，大佛像神采飞扬。精神矍铄的老作家黄济人感慨说："大佛岩，荡心洗肺，蒸筋烁骨，佳境难得！"观佛亭廊柱上一副楹联别有意味，"抬头三尺有神灵，放眼百丈有仙人"。我心有所悟，腹稿一联："大岩成佛，百里方圆入眼底；人心落谜，咫尺大千归画屏。"但我不敢说出来，唯恐贻笑大方，扰醒了大佛。

离开大佛岩的时候，我的目光落在了一片千年黄杨林。山风吹拂，一千年不远，黄杨林在明媚的阳光中，迎风而立。那些在春天发芽的幸福，于夏天灌溉，于秋天丰腴，于冬天蓄积，以大佛岩的彩霞为冠、白云为裳，为乡村振兴的春天，一起倾情而动。

（郑立，男，系重庆市作家协会会员，曾参加第18届全国散文诗笔会）

梵音袅袅大佛岩

| 董存友

　　阳雀鸟的叫声被清冷的月光消除，风吹过狗屙鸟的控诉，大山在几颗星星的照耀下平静下来。一抹流云在山岩上晕开，慢慢向天边洒了一片。西边天的那座山，守护着穆杨沟的春天。秧田里的那些波光，把山的影子拉得悠长。那山雄浑巍峨，把人们的视野和心意与天地连在了一起。佛安详静坐，注视着这方水土。这尊佛就是大洞河乡的大佛岩。

　　大佛岩坐落在大洞河乡西胜村，处在山峰之上。大佛岩四面都是深峡幽谷。晨雾缭绕，此处犹如空中蓬莱，其中上部银色的岩体形成经书叠页的奇观，而山岩则像端坐于云端诵经的大佛，如驻足倾听，似乎还能听到喃喃地诵经声，此岩被称为"马山圣地，羌寨佛山"。听当地老百姓说，白马将军隐居白马山，在鸡尾山建立羌寨后，看到大佛岩的奇景，便留下了一首诗：

天降佛岩起异峰，经声传音雾蒙蒙。

▲佛光笼罩（唐春光 摄）

待到云开雾散时，杜鹃开在半空中。

佛是一座岩，岩是一座佛。在山前仰望，山岩如行在风中的大佛，手拈祥云，胸怀慈悲，吐露山花，禅意十足。传说，白马山被玉帝封为天马牧场后，金佛山古佛洞的大佛得到上天旨意来白马山西山守护这里的生灵。他环顾四周，行风布雨传经送佛，普惠人间。有一天他打盹时，山中黄龙出来害人，他便把黄龙镇压在山下洞中，致使黄龙受到渡化，弃恶从善，在山下筑其洞宫，建了大洞河洞天福地，并用河水孕育了石梁河田坝村庄。

白马将军已逝，黄龙传说已远，只有大佛读经的姿势还未变。在大佛岩，生活需要不断参悟。站在穆杨沟，看太阳从鸡尾山升起，温暖的阳光洒在大佛岩，大洞河的雾慢慢爬上来，爬到大佛岩顶，景色便有些如梦如幻。岩角飞雾，犹如佛语袅袅，如此时登临大佛岩，你的胸臆就会轻轻打开，与这片佛山圣土连在一起，在红尘之外，接受一次大自然的淘洗。听说，在明清时，大佛岩便小有名气，附近的达官贵族都来此登顶，一览大佛岩的雄姿。他们去薄冰台深渊台，感受视觉震撼，他们去洗心台净化心灵，在革面台感悟，最后直达山北福门，在归真石忏悔后才下山。我和朋友去大佛岩，没找到四台一门。踏在层层叠叠的石阶上，我感觉像是在翻阅经书，每走一步都仿佛在和大佛对话。

人需要与自然对话，心需要纯洁干净。每一个人的心中都应该有信仰。过去，人烟稀少，灾害频繁，人们的生活条件差，生活艰难。但这里的人很坚韧，在与自然顽强斗争的过程中，凭借一股不服输的意志坚强生存。勤劳善良的乡民，看到眼前耸起的这座山，便看到了上天的安慰，找到了精神的寄托。人生所有灾难，心中所有苦闷，都可以伴着一轮夕阳和残月，向这座大佛诉说；人生的所有欢喜，心中所有的幸福，都可以依着一轮朝阳和一轮圆月，向这座大佛倾诉。站在观佛亭，便觉福星高照，看茫茫长空，真不枉来此一趟。

一座山，成了大洞河乡的人文标志。人们在风中寻找他的传说，述说他的故事。然而，那山还像是一部打开着的经书，那耸立的山峰还像一尊大佛。在述说中，我们深入了一座佛山，融进了一座佛山，并在一座佛山的清风里感悟，享受了一次红尘之外的旅程。

（董存友，男，系重庆市作家协会会员，任重庆市武隆区作家协会副主席）

▲大佛汉子(唐春光 摄)

锦绣穆杨沟

一定有人在空中，挥毫书写
长长的墨痕
在山岭的纸上掠过，如巨龙蜿蜒
一定有人在山腰，以梯田的丝线编织
一场全新的梦境：总有些梦幻逸出
成为那些缥缈的云雾

抬头看吧，光在闪烁，迸射
这是昨日之光，今日之光
也是明日之光，交织成清晨的梦幻
越过了群山的眼睑
抵达了尘世中的
树木、青草、露水和我们

（文／唐力　图／王俊杰）

宁静淡雅 风情画卷

　　一方岁月流岚，几多彩语斑斓。位于大佛岩与鸡尾山夹缝中的穆杨沟，从来都是一个传奇的地方。

　　这是一个梯田层叠、石屋装点、村道盘旋、云雾缭绕、风情独特、乡愁浓郁的村落。这里的一砖一瓦、一草一木，既食人间烟火也超凡脱俗，处处散发着原始浑厚的古朴与典雅，是当地村民用世代的虔诚写下的一首田园诗。无论是壮美的梯田还是沧桑的石墙，无论是高峻的古树还是蜿蜒的村道，无论是穆杨的传说还是练兵的遗址，穆杨沟都是一个人文与自然相映成趣的所在。

　　这里，山环水绕，草长莺飞，花红树绿，渲染的是最美的田园牧歌；这里，石墙古朴，青藤绕树，曲径通幽，见证的是凝重的生存杰作；这里，布兵摆阵，金戈铁马，古韵流长，尘封的是斑驳的古老传说……

　　走进穆杨沟，就走进了锦绣田园。站在大佛岩上俯视穆杨沟，似一幅天然水墨画。连绵山坡一片苍茫，千沟万壑沉默不语，沉静之中有壮阔。环山而建的梯田是农人精心的杰作，依山就势，形如月牙，层层叠叠，气势磅礴。这隐藏在深山的2000多亩梯田，一年四季各有风光，春如绿梳，点点新绿生发盎然生机；夏似翡翠，滚滚绿浪唱响生命赞歌；秋比流金，灿灿稻香醉染彩色画卷；冬着素装，满坡残雪构筑幸福天梯。若在蓝天之下，看石墙民居装点于"月牙"之间，盘山公路如飘带一样延展，清浅山泉低吟着沧桑的古歌，就如走进"一水护田将绿绕，两山排闼送青来"的意境之中。田园风情，四季变换，仿若桃源，颇为壮美。

　　倘若，这田园之诗织成的斑斓不是惊艳的绝色，那蕴含"文脉"气息的农耕文化馆，或许能够唤醒你记忆中的田野、心底的乡愁和尘封的

▲初冬时节（张晓伙 摄）

岁月。在这里，世代杂居着汉族、苗族、仡佬族村民，三族聚居，和谐共生，民俗交融，创造了具有地域性的农耕文化，留下了淳朴的民风。在一座飞檐斗拱，古朴典雅的四合院里，穆杨沟的"宝贝"还原着当年的繁华，一些老物件彰显着有生命的历史。

水牛拉着老犁，锄头生出锈斑，石磨摆在檐下，风车、水车、蓑衣、斗筛、粪桶、铁锯、木床……陈列的实物和图片，依稀展现出穆杨沟的凝重岁月。这些实物和图片既有传统的农耕用具，也留存传统生活的乡村味道，更体现出地域特色鲜明的风俗民情。或许，从那些彰显着乡村底色的物件里，可以读到田园牧歌般的情愫，从刀耕火种到现代文明，从乡村记忆到伦理道德，农业发展历程、农民生活演变、农耕文明进程，都清晰可见。走进这里，就走进了童年的遐想，走进了别样的乡愁。

作别农耕文化馆，走向田间地头，去领略一番农耕的野趣，也是一件难得的趣事。在乡村振兴的政策下，穆杨沟人借势借力谱写出了一篇"大文章"，把农耕文化融入乡村旅游，建成集观光性、休闲性、体验性于一体的农耕文化园，可以下地劳作体验农事，可以下河钓鱼享受垂钓之乐，可以去果园尝鲜采果，可以入住农家静享美味。

如果有幸邂逅雾漫山沟的缠绵，或者红霞满天的浪漫，那种超凡脱俗、物我两忘的境界，难以言表。当然，可以驾车去体验一把"中国最美乡村公路"的险要，在雾锁苍茫与山色错落中，弯道跌宕，急道盘旋，陡坡漂移，玩出"山路十八弯"的新高度。更可以坐在山野田园，慵懒地晒着太阳，看满坡梯田的流动画卷，听迷失在穆杨寨、练兵场与八卦阵里的古老传说，也别有一番趣味。

走进穆杨沟，就走进了石墙村落。在穆杨沟，那百余幢石墙民居，错落于梯田之间，造就了壮观的石墙村落，堪称一道亮丽的风景。村子依山而建，临河而立，到处都是石头砌筑的房屋和围墙，布局紧凑，楼楼相望，院院相连，极像迷失在山野里的一座神秘"古堡"。

石墙村落始建于20世纪六七十年代，聪明智慧的穆杨沟人，充分利用自然的馈赠，就地取材，化整为零，用石块建造自己生活的居所，留下了这令人惊叹的建筑奇迹，创造了人与自然和谐共处的一处例证，倍添了村庄的古朴、自然、美丽。这些石墙民居，现在多数已无人居住，只成为一道斑驳的遗存和记忆。

现存的石墙民居，主要分布在石梯子至椿天坪一带，有170多幢，建筑面积约2万平方米。以当地质地坚硬的毛板沙石为主材，加上泥巴、石灰和水，不绘图、不吊墨、不画线，全用眼力砌石垒木，把毫无生气的石块修筑成坚固规整的石屋。

漫步石墙村落，徜徉石造世界，沧桑之感扑面而来。远远望去，一幢幢的石砌民居，或随地就势，或顺坡借坎，或一幢独立，或三五成院，错落有序地镶嵌在田畴之间，显得很耐看。还有那石盆、石凳、石缸、石磨等生活器具也随处可见，古韵十足。踩在满是苔痕的石板路上，抚摸纹路密集的石墙，除了内心的宁静，更有视觉的震撼。那石块垒砌的坚固墙体，托起"人"形屋顶，灰瓦悬檐，正堂、偏房，屹然挺立。房前屋后，可见修竹叠翠、花木扶疏、蜂飞蝶舞，爬满青藤的老树，浓荫华盖的石屋石院，勾勒出一幅幽静的天然画屏。（文/彭世祥）

⇨ 游踪漫记

穆杨沟的**冬天**

——┤文 猛

　　穆杨沟最美的季节不是冬天。

　　雪花还在天空酝酿。满坡梯田上金黄的稻子早已颗粒归仓，一弯弯田埂上金黄的不是稻子，而是枯黄的稻草。没有预想中的山林红叶，梯田之上的山林除了几片红火棘、金黄的银杏叶、灰白的芭茅草，依然是深绿一片。山顶上是一排巨大的风车，把我们的心思传得很远。山腰是大片的山林，泼墨一般，墨汁浸漫到山脚，一坡坡一层层梯田闪亮在山林、竹林、溪沟之间。山脚是清清的大洞河，流向远方。

　　这不是穆杨沟最美的季节！

　　穆杨沟最美的季节在春天、在夏天、在秋天。我在朋友们的微信朋友圈中、在网红视频中翻看穆杨沟最美的季节。

　　我没有赶上穆杨沟最美的季节。

　　穆杨沟成为网红打卡之地，理由很多，但是穆杨沟的符号应该是穆杨沟梯田。

　　一说到最美梯田，我们会想到桂林龙脊梯田、元阳哈尼梯田、贵州加榜梯田、浙江云和梯田、江西红岭梯田……只是在这坡梯田排行中，目前没有穆杨沟梯田的名号。

　　鲁迅说："这正如地上的路，其实地上本没有路，走的人多了，也便成了路。"

沿着鲁迅先生的思路，这正如大地上的风景，其实大地上本没有风景，看的人多了，也便成了风景。

在这个静静的冬天，我好像明白了武隆人在这个静静的冬天，为什么召集我们到武隆、到大洞河、到穆杨沟。

没有赶上穆杨沟最美的季节，我只能在微信朋友圈中的图片和视频中，去讲述穆杨沟梯田最美的季节、最美的风景……

穆杨沟梯田，藏在树林竹林之间，架在溪水深沟之上，挂在山梁悬崖之边，顺着坡势，和着沟谷，携着炊烟，从大洞河谷到赵云山腰，凡是有土的地方，都开辟成了梯田。梯田随山而开，依山而弯，弯弯盘盘，盘盘弯弯，波光粼粼。梯田中散落着一方方石墙民居，在满坡水汪汪的梯田中，犹如点缀在银河中的星星。

从春到冬，穆杨沟梯田就像一位美丽纯洁的村姑，跟随着季节，变换着自己的衣服和心思。关于穆杨沟的描绘，最贴切地表达还得是学生作文的表述……

▲石墙村落（唐春光　摄）

春天，春雨淅淅沥沥地刷过穆杨沟，山绿了，草绿了，花红了。春雨刷得最仔细的还是那满坡的梯田。春雨刷过，水田盈盈，山坡更加晶亮起来。穆杨沟的梯田没有我们想象的那么宏大，田很小，很弯，似小家碧玉，远看就像山坡上一根根亮亮的琴弦。几坡看过去，就是几把半躺着的扬琴。拨弦的是沟中的老农，披着蓑衣，戴着斗笠，仰头喝上二两老白干，因为花开不一定春暖，这是山里人下田之前必做的功课。柳条一扬，扶紧犁铧，在梯田中划出几根泥土做的琴弦。

夏天，梯田被耙犁抹过，平滑如镜。关于梯田，最美最贴切的比喻自然是诗行。这个时节，更为准确的比喻其实应该是诗笺，等到稻秧一棵棵插进梯田，这才是我们所能看到的诗文。那是穆杨沟最诗情画意的季节，层层新绿，满坡新绿，每一棵秧苗都带着笑容。

秋天，满坡的绿渐渐变成满坡的金黄，天高云淡，稻香飘散满沟，那是穆杨沟最丰满的季节。走进十公里长的穆杨沟，犹如走进一个金色的童话世界，田间小道，农家瓦屋，树丛果园，沟谷石崖，到处是耀眼的金辉。一层层梯田里，沉甸甸的稻穗肥大硕实，颗粒饱满，在秋风中摇曳。清清的凉风吹来，满沟是清新的稻香。

回到我眼前的穆杨沟，回到初冬的穆杨沟。

"杨家有女初长成，养在深闺人未识"，白居易的这句诗引用在穆杨沟很是妥帖，美丽的穆杨沟，是我们未识的美丽。

如果没有我下文的注释，单从字面上看，穆杨沟中的"穆""杨"二字并没有多少关联。有调侃者说，"穆杨沟"其实是"牧羊沟"，就是一条放牛放羊的山沟。在四川方言中，放羊就是放羊，绝对没有牧羊这么文绉绉的说法。"穆杨沟"中的"穆"指穆桂英，"杨"指杨宗保。相传穆桂英、杨宗保夫妻二人奉朝廷之命，招安焦赞、孟良，他们以大佛岩、赵云山作掩护，建立山寨，招募忠勇之士，刻苦练兵，保家卫国。穆杨沟从而得名。

翻阅正史、野史，显然我们找不到这段记录，询问沟中的老人们，他们总是振振有词，说祖祖辈辈都这么传下来。走进穆杨沟，沟中至今还有"穆家寨""拴马石""点兵台""八卦阵"这些古老的地名，记着所有的事情。

不去探究，穆杨沟传名千百年，古老的地名、古老的传说给了这片沟谷寻古纳凉的暗示。

大洞河乡，一个同样古老的地名。在山里人还没有完全认识这方土地的时候，大山里的铁矿石成为人们生财的唯一出路，古老的地名因此改为"铁矿乡"。一车车的铁矿石运了出去，大山被挖得千疮百孔，却没有给大山里的人们带来期望的富裕。乡亲们果断关了矿山，把向大山攫取的目光收回来，让这片土地全新改面。他们把目光投向青山、小河、山花、梯田，"铁矿乡"的名字也成为历史、成为反思。大洞河乡的地名重新回到这方土地。仰望山的高度，瞩望河的远方，你对大地有多厚爱，大地对你就有多厚报。

记住地名好回家，记住地名走远方。

山顶是山风，山腰是山林，山下是坡地，当山坡上的巴掌地、鸡爪地无法解决山里人温饱的时候，勤劳的穆杨沟人在山坡上有土的地方开挖梯田。当年开挖梯田就为让山里人吃上大米，谁也没有想过会成为重庆最美梯田。当温饱不再成为山里人最大的困扰，梯田自身的价值已经超越，这就是穆杨沟先辈对土地的暗示，给后人的财富，生生之土，生生不息。

走进穆杨沟，走进梯田，走进石墙民居。仰望层层梯田，宛如蓝天之下的天梯，接地连天。田中有水，水中有天。一度沉寂的石墙屋如今炊烟袅袅，外出的人们陆续回家，开办农家乐，村民在就近农家乐和度假村打工。他们选出最饱满的稻种，放进瓦罐中，待春夏写进向上的梯田中、向上的诗行中。

在向老汉的石墙屋小院，向老汉的儿子刚从广东打工回来，面对一张图纸，正在思索如何把小院建成农家乐。陪同我们的大洞河乡领导说，沟里好几户人家都趁着冬闲的日子谋划农家乐、民俗村的事情，冬天确实是一个思考和谋划的季节。

四季有冬天，人生有冬天，穆杨沟有冬天。冬天就是一个静静地想天想地想日子的好季节。就像沟底的大洞河，在就要流出峡谷的时候，突然消失在一方神秘的山洞中。因为流出山洞后，前方是乌江，乌江前方是长江，长江前方是大海。

穆杨沟就有春天到来之前的沉寂和从容！

如果说，穆杨沟是一篇大地美文，穆杨沟的冬天就是这篇美文的桥段。

如果说，神秘的大洞河是一部等待翻阅的大地新著，穆杨沟梯田就是这部新著的华丽篇章。

梯田、石墙屋、大洞河、杜鹃花、大佛岩，这注定是一方乡愁浓郁之地。乡领导似乎看出我的心思，他和向老汉耳语了一会儿，然后带着我走向梯田。

"文老师，你可以认领一方梯田啊！"

我在竹林之边选中一方梯田，捡来一些小石块，在田边摆出一个"文"字。

我的田在穆杨沟。

人虽走开，田不会走开，心也就不会走开。

因为，我有一方田在大洞河、在穆杨沟。

大洞河等着我！穆杨沟等着我！春天等着我！

（文猛，男，系中国作家协会会员，任重庆市万州区作家协会主席）

高山桃源穆杨沟

▌海清涓

到大洞河，自然少不了一睹穆杨沟的芳容。

如果说大洞河的石头神秘莫测，如果说赵云山的杜鹃震撼人心，如果说大佛岩的佛光瑞泽万物，那么，穆杨沟的梯田就是一座如梦如幻的高山桃源。

从大洞河峡谷到穆杨沟，越野车驰骋在黔渝边境如白绸般蜿蜒的山路上。我忍不住轻哼《牧羊曲》："林间小溪水潺潺，坡上青青草，野果香山花俏，狗儿跳羊儿跑，举起鞭儿轻轻摇，小曲满山飘……"

同车的扶贫干部呵呵一笑，然后一本正经地告诉我，"穆杨沟"与"牧羊"一点关系也没有。

穆杨沟与杨家将有关。

是的，穆杨沟就是与征战沙场、满门忠烈的杨家将有关，穆杨沟就是与英姿飒爽的穆桂英和神采飞扬的杨宗保有关。

穆杨沟的来历，充满了浪漫的传奇色彩。这个传奇，只要听过一次，便会铭记于心。

相传，穆杨沟是穆桂英和杨宗保相依相守的地方。如此说来，穆杨沟就是一条温情脉脉、凤凰于飞的爱情沟。当然，作为杨家将的后辈，穆桂英和杨宗保在穆杨沟不单单是为了花前月下，不单单是为了做一对逍遥自在的神仙眷侣。

◀袖珍农文馆
（唐春光 摄）

　　儿女情长只是小爱，保家卫国才是大爱。

　　穆桂英和杨宗保在穆杨沟，是为了屯兵练武。穆杨沟是穆桂英和杨宗保精选的练兵场。为了攻焦王寨，为了破天门阵，穆桂英和杨宗保不仅在穆杨沟练武强兵，还在穆杨沟开荒种稻。于是，穆杨沟又成了一个集练兵、供应军粮为一体的军事基地。为了感恩穆桂英和杨宗保这对抗辽伉俪在山间水边开垦梯田之功，当地人干脆将此地称为穆杨沟。

　　穆杨沟的上方是穆杨寨。在穆杨寨凝视练兵场、点兵台、拴马柱、

▲田园牧歌（唐春光 摄）

八阵图。在农耕文化园体验农事农情、农耕文化、禽兽喂养、休闲垂钓、鲜果采摘，仿佛从现代穿越到了北宋。仿佛看到穆桂英和杨宗保率领兵士，一会儿在百胜村秣马厉兵，一会儿在石梯子春种秋收。百胜村，让人想到百花争艳，想到百战百胜。石梯子，让人想到坚韧无比，想到无所畏惧。

　　穿过百胜村那片郁郁葱葱的山林，下行至石梯子组，秀逸优美的穆杨沟风光猝不及防闯入眼中。一块块梯田、一堵堵石墙、一座座石崖、一片片竹林、一株株古树、一道道深壑、一条条溪流像花朵次第开放在沟中谷底。最吸人眼球的，莫过于依山而建，遇水而筑的层层梯田。一方梯田就是一把月牙形的翠梳，无论粗糙还是精致。徜徉在平均海拔1200米的穆杨沟，不由生出一种想选一把心仪的翠梳，轻轻梳理一下被风吹乱的思绪。

穆杨沟梯田四季风光各具特色。不去想春天的绿肥红瘦，不去想秋天的遍地金灿，不去想冬天的冰雪世界。

此时此刻，让我们回到夏天吧。

夏天是穆杨沟最富诗情画意的季节。从饱受酷暑煎熬的重庆，来到武隆、来到大洞河。满目灵秀的穆杨沟没有令我失望，慷慨地赐予了我一个清凉世界、一个吉祥世界。气势磅礴的梯田，宛若数不清的绿色海子，我贪婪地收集满坡满沟的碧波，我贪婪地收集重重叠叠的郁郁葱葱。清凉的山风从谷底的大洞河徐徐吹过来，吉祥的佛光从对面的大佛岩缓缓照过来，我的身体清凉，我的灵魂清凉。

梯田里的水稻叶，细长优雅，既柔顺又光滑。水稻这种半水生植物，居然会用站的姿态完成一生的使命，不得不让人惊讶，不得不让人惊叹。

错落有致的石墙民居，是穆杨沟独特的景色。那些镶嵌在层层梯田间的石墙，无论面朝梯田还是背朝梯田，都古朴、原生态，连屋顶上的缕缕炊烟都是。其实当年修建石墙走的是下下之策，因为建房所需的木材供不应求，人们只得就地取材，用当地的毛板沙石建起了一间间遮风挡雨的石墙房子。塞翁失马，焉知非福。石墙不光节能环保，通风舒适，冬暖夏凉，防火防潮，还坚固耐用。只要挑选的石材质量过硬，石墙保持几百上千年应该没有问题。石墙的这些优点，令木墙和土墙望尘莫及。

我穿着浅蓝的复古装，不急不缓地走在梯田和石墙之间。零距离亲近柔婉坚韧的梯田，零距离亲近清新美妙的梯田。银杏树下，石墙边，竹笋、天麻、猕猴桃、荞麦、南瓜、猫儿眼正处于花样年华。石墙缝里的小螺丝刀、小钉子、打火机、香皂边角料等小物件，活脱脱就是一首首田园小插曲。

梯田下逶迤清亮的小河，*潺潺流淌*，波光粼粼，清冽可鉴，鱼儿在河中恣意出没。天空的蓝，云朵的白，秧苗的绿，山花的艳，把蓝汪汪的河坝河水染得五彩斑斓。回望盘山路，俯视河坝河，佛光倒映在河中，一派吉祥。

今天是个吉祥日，穆杨沟上飞彩云，喜鹊喳喳传喜讯，迎接贵客进山里……河边洗衣的红衣大姐，红扑扑的脸上溢满了甜蜜和幸福。生态兴乡、旅游富民，让贫穷落后的穆杨沟变成了独具魅力的旅游胜地。作为受益者，红衣大姐有一万个甜蜜的理由，红衣大姐有一万个幸福的理由。

锦绣梯田，沧桑石墙，透亮河坝河，让我忘记了时间，让我忘记了客人的身份。

不知不觉，太阳西下，夜幕即将降临。

满天的晚霞，一会儿像棉花，一会儿像金波。红的、蓝的、绿的、紫的、粉的，让暗淡的天空充满了瑰丽的色彩。绚丽的光芒，在穆杨沟从来没有争议，晚霞称得上是穆杨沟上空最纯粹的艺术品。

一阵凉爽的山风拂过，霞光夹杂着水稻蓬勃的青春气息。我们徜徉在这锦绣穆杨沟，有些流连忘返。同行的作家提议在此建一个作家村，请重庆以及重庆以外的作家、诗人入驻，尽情地写大洞河风情小镇、写大洞河峡谷、写大佛岩、写穆杨沟、写赵云山、写鸡尾山，写……

在穆杨沟这个远离尘嚣的高山桃源潜心写作，这是一件多么令人神往的事情。

我满心欢喜地期待着，如同期待苍翠欲滴的穆杨沟变成金黄耀眼的穆杨沟。

（海清涓，女，本名刘莉。系重庆市作家协会会员，任重庆市永川区作家协会副主席）

情系穆杨沟

———————————————丨李 影

人在旅途，总会有一些刻骨铭心的风景，令你不由自主地怀念。例如当下的我，在白雪皑皑的北方，就抑制不住对穆杨沟的思念。

穆杨沟是重庆市武隆区大洞河乡，一个具有淳朴民风和原生态美景的小山村，它就像一束明净遥远的乡愁，从我走近的第一步开始，含着诗意的山体、梯田、石屋，以及花朵树木都迫不及待地呈现出来，在阳光下闪闪发亮，继而以输液的形式，让这些光一点一点地进入体内，成为我生命里割舍不下的牵挂。

在没有深入探访穆杨沟以前，我一直以为具有厚重历史的穆杨沟仅仅是一个承载故事、流传传说的载体，除了冰冷的金戈铁马的战火会在历史上留下标记以外，再没有其他可以让人动容的眷恋，对这个偏僻的小山村不会有更多偏爱。可是在我赶赴穆杨沟之约后，如世外桃源般的穆杨沟颠覆了我之前所有的观念。

　　的确，我没有想到远离城市喧嚣，坐落在深山密林，曲径通幽的穆杨沟，即便是在微寒的冬日，也古朴秀丽、自然典雅，脱俗的气息和神韵依然会让你有返璞归真、回归自然的感觉。

　　随着飘带一样缠山绕梁的路，车子像一条在水中游泳的鱼，以摇头摆尾的方式，带我走进穆杨沟。层层叠叠的梯田顺着山势错落有致，凝聚着勤劳与汗水，向云层的高处和峰峦的远处延展，也在不经意间增强

▲金光普照（唐春光　摄）

▲全国最美 穆杨天路(唐春光 摄)

了我对穆杨沟的热爱。此时，这些月牙般的田块，更像是无数个柔软的温床连在一起，令我不由得想到曾经躺在上面发芽、生长的稻种，在这片土地上繁育生命的力量。

这是我生平第一次走进梯田，虽然时值冬季，稻谷已经被收割，闻不到"十里稻花"的清香，也未能有听取"蛙声一片"的机缘，但是在残存着浅浅的、浅浅的稻田中，涂着金色阳光的稻茬，依旧令我产生莫名的感动。这些像极了盛开花朵的稻茬，一朵牵着一朵，仿佛在和我诉说着丰收的喜悦；俯下身，我看到这些在水中抖动的喜悦，似乎和泥水中的稻茬一样生了根，牢牢地抓着脚下的这片土地，就像是怕离开母体一样用着力，有着向上而生、不屈不挠的精神。

我也一路向上，转过密密匝匝的由嫩黄、青翠、墨绿组合的林子，被一座建在一块平坦之地上的石屋吸引。这是一栋二层结构的楼房，属于半地下结构的一楼，在悬崖边上托举着起居室。我顺着长满岁月瘢痕和青苔的，墙体一侧的台阶，走上二楼院落。迎上前来的石屋主人用方言和我热情打招呼，当他知道我是北方人，就放慢语速，用平缓的音调和我交谈。他说他在山里生活了大半辈子，见证了穆杨沟的发展和变化，希望能有更多的外地人来到这里，把穆杨沟的名气和美誉传播出去。在和石屋主人交谈的过程中，他的脸上一直洋溢着亲切的笑容，令我和他没有一丝违和感，我们就像亲人，在交换生活中的幸福。

与石屋主人告别后，我随着山体，继续拾级而上。蓝色的天空就在头上，好像随手就能抓到云一样。此时，一步一景的穆杨沟就像有一双无形的双手，会不停地把美搬到你的面前，令你目不暇接，满怀憧憬。在观景台临高俯瞰，被群山环抱的穆杨沟就平铺在谷底，星棋落子般的小寨、扶风而上的炊烟、形态各异的翠竹古树、层层叠叠的梯田，各具特色，互相映衬，把别致的山中田园勾勒成一幅色彩斑斓的油画。

在穆杨沟，如果有幸邂逅一场雾，也会别有一番味道和情趣。当日，我们一行在观景台感叹大自然赋予穆杨沟与众不同的魅力时，就有雾从地表升起，在山与山之间、树与树之间、石头与石头之间、花朵与花朵之间耳鬓缠绵，缓缓流动，如同梦幻的仙境，同样有令人赞叹的惊艳。

由于时间关系，此行没有看到穆杨沟的晚霞，心里多少有些遗憾。据说穆杨沟的晚霞如同多彩的绸缎，不同的点都会有不同的色彩，是穆杨沟瑰丽的外衣。

或许有遗憾的地方，才会有更多的留恋和不舍吧。

穆杨沟的一切都是幽静和神秘的，在这里你可以超凡脱俗，升华心灵，尽情地享受这份难得的清幽和雅兴。

都说"黄山归来不看岳，峨眉归来不看云"，其实，穆杨沟的群山云海和田园风光拥有的美是独特的，是大自然鬼斧神工的恩赐。只要你留心，穆杨沟的美无处不在。

（李影，女，系吉林省作家协会会员，资深媒体人）

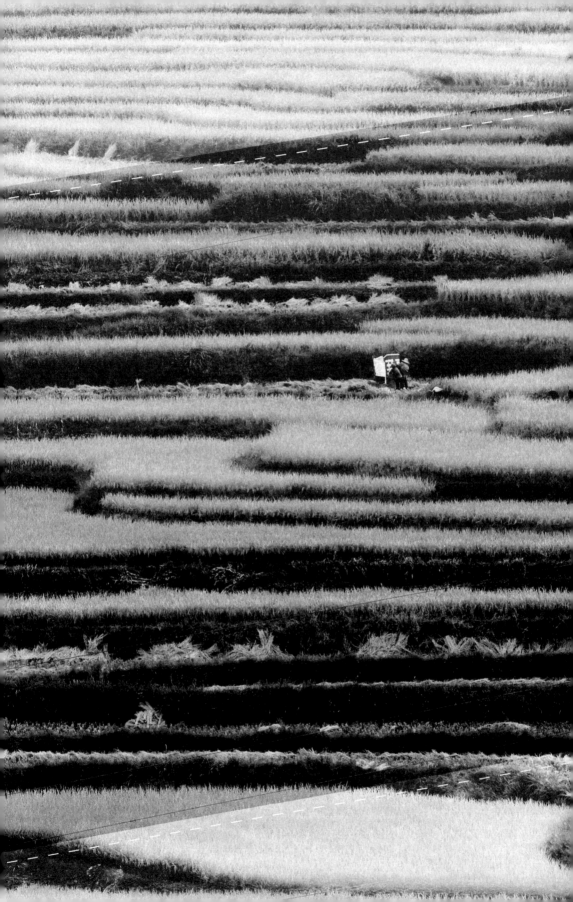

悠然乡愁里

他们朴素得像无尽透明的灵魂
大洞河的秋天
时光甜蜜
收获是绕指留香的轮回

一地向初心和希望进发的种子
艳阳当空
一片桃红柳绿难掩的秀色
晕染了青山绿水

一波又一波的喜悦
丰盈了大地的恋想。云彩与劳作的巧遇
定格了花开的声音
百转千回

（文/石春雷　图/唐春光）

·诗意大洞河·

清冽时光 别样风情

　　大洞河乡，除了神奇的山水，就是滋骨润心的风情了。俗话说："千里不同风，百里不同俗。"这里的别样风情，总带着同而不群的微温，勾起那些绵密而清冽的时光。

　　最深沉的，是大洞河人对土地和对劳动的感情。在残损的土地庙门两侧的对联上，可以读到质朴虔诚："土能生万物，地可发千禅；土结黄金籽，地开白银花。"不能松懈的是一年四季二十四节令的农事，时而紧张，时而舒缓，循环往复渐次而为。山民像被时光抽打的陀螺，浑然旋转，一刻不得停歇。就算农事渐渐松懈了些，一个节令抽来，又旋转如初。让人咂味的，是栽秧时的开秧门，割稻时的封龙口，大年夜的嚼嘴。开秧门，有款待栽秧师傅的醪糟汤圆和栽秧粑。封龙口，有款待割稻者和左邻右舍的糯糍粑。嚼嘴，则是在大年夜守岁中，围坐在红彤彤的干疙蔸火边，咀嚼着炒得喷香的苞谷豆和黄豆，祈望来年庄稼无害虫，季季大丰收。它们都是穆杨沟的一绝。令人难忘的，是那些已成为文化记忆的薅打闹草，那些追山喊

▲艳阳天（张晓伙 摄）

▲晒秋（唐春光 摄）

水的野调歌谣。薅苞谷叫作"土闹",薅稻秧叫作"水闹",三五十人,情景剧一般集体劳作,打闹师在前面敲锣打鼓,领唱劳动山歌,劳动者接号子,或单闹,或双闹,或插闹,有下田号、紧号、花号、收工号,幽默风趣,插科打诨,既展现了主家的殷实,又凸显了劳动的壮美。如薅秧号子:"一下田来稗子多,扯了一窝又一窝。弯腰埋头扯稗子,抬头伸腰唱山歌。"薅草号子是劳动的歌声,蕴含大洞河人的生活祈愿和原生态的文化元素,曾是一道山野里的文化盛宴。除了薅草号子,还有抬工号子、抬石号子、石工号子、打夯号子、上梁号子、翻权号子、割谷号子……比如割谷号子:"栽秧栽条河(喂),割谷割条杠(啰)。主人喊歇气(嗲),他在干坎上……"来往匆匆的步履,从时光中取出诺言,踩过微湿的轻尘,踏过生活的沧桑,走在远去的光景和斑斓的山色中,已属于岁月的遗产和文化记忆,已是大洞河人的乡愁之源。

最动人的,是大洞河人对亲情和生活的表白。每一个节庆来临,三亲六戚总会沿着七弯八拐的山路走在一起,拉近亲情。哪怕你是过客,也愿意与时光一起留下来,把生活的忧愁和快乐酿成红宝村的苞谷烧,灌醉风平浪静的日子,然后让幸福村接力,让百胜村干杯。亲戚就像镰刀,越磨越快,越走越亲,不经常走动便锈迹斑斑。暖心的酒碗,会打开朴实暖心的话语,亲情、乡情在一碗碗土酒里聊了一个话题又一个话题,从猪牛羊到红苕洋芋、苞谷谷子,聊到了外出务工,聊到了赵云山上的杜鹃花。酒碗是自己的,是他的,酒碗也分不清楚了,直到山林边的路灯在温沉的暮色里独自闪亮。纵有千金,这样的日子谁也不愿换。做生礼、庆寿诞、吃婚酒、摆年酒、办丧事,大洞河人守望着千年的礼俗,让生活更温暖,让灵魂更干净,让日子更真实,让人情更丰腴。生礼中的红鸡蛋,寿庆上的福寿粑,婚酒中的包鲊包,年酒里的杀猪歌,丧礼上的鬼打粑,都是大洞河人不老的情愫,恰如绵密的针线为时光织绣。它们是一种温暖和意志,一种执着和期许,点亮了一代代人心中的憧憬。在云霏雾敛、流溪淙鸣、时令代序中,大洞河人观瞻人生的大美,寻找到了内心的平和,心底的安。

　　难以释怀的，是大洞河人唇齿留香的特色美食。大洞河乡地处黔渝边地，大山绵延，泉流密布，食材丰厚。汉族、仡佬族、苗族与土家族杂居，农家饮食别有风味。汉族办酒席的八大碗或九大碗，以及扣肉在这里就别具滋味了。干鲜的水盐菜，纯正的粮食猪，清香的野佐料，在山村厨子世代承袭的手艺里，就是扣字当头的佳肴，扣碗烧白、扣碗砣砣肉、扣碗排骨、扣碗肚条……软烂酥香，香味四溢，让人欲罢不能。除此之外，野生天麻炖鸡、尖椒生态兔肉、竹笋炖腊排骨、八宝糯米饭、蕨巴腊肉、酸鲊肉、夹沙肉、渣排骨、大酥、小酥，也是招待客人的当家菜肴，

▲生态食品（张晓伙　摄）

　　当然，也少不了各种野菜鲜菇制作的菜品。但最让人垂涎的，还是大洞河乡仡佬族的油茶汤、油茶面、油茶稀饭。有道是："碗碗油茶香喷喷，男男女女都能饮，不吃油茶没精神，吃了油茶有干劲。"吃油茶汤讲究一看、二嗅、三尝。一看：看油茶的品质，呈绿豆色最佳，油绿色次之，深绿色更次之，绿带黑色就不能上桌了。二嗅：闻茶的香味，品茶前先

轻吹一口气，将表面的油吹开，露出茶汤本色，再用鼻轻吸，茶香沁人，妙不可言。三尝：把茶面的油吹开，轻啜一小口，缓缓吞咽，细细回味，真叫爽口爽心。吃油茶汤还可以用麻花、馒头、包子、瓜子、花生、爆米花、糕点等小吃做伴食。油茶中还可以加入鸡蛋、汤圆、醪糟等，一些仡佬人家还开发出了油茶鸡蛋、油茶醪糟、油茶汤圆等别具风味的美食。

勾人心魂的，是大洞河乡独具特色的民间文化。方言、谚语、童谣、山歌、谜语、歌舞、根雕、传说故事、工艺编织等民间文化，像一条条清流浸润在大洞河的乡间，滋养了一代又一代人的心灵，成了大洞河人智慧与勇敢、勤劳与节俭、坦诚与淳朴的源头。比如，当地方言中，"叉巴"指的是女孩子说脏话，在大洞河女孩子说脏话是忌讳的，用"叉巴"来说一个女孩子有辱门风。谚语中隐藏着许多生活的智慧，比如"眼睛不亮，到处上当"指的是看人观物要仔细，稍有偏颇就悔之晚矣。"板栗牵线（开花），活路一半；板栗结球（结果），活路不愁；板栗张口（成熟），活路丢手"，这是讲农事的。大洞河乡的歇后语很有味道，比如"磨子上睡瞌睡——想转了"，形象生动，意味深长。"驼背摔跟斗——两头不落实"，戏谑，又让人深思。大洞河乡的民歌数情歌最出彩，比如"你打猪草我弄柴，你不抬手我不来。要好就订百年好，躲躲闪闪费人猜"，简单而直白，直击人心。"哥是树来妹是根，白头偕老共一生。活在阳间共把伞，死在阴间同座坟"，不是誓言，胜似誓言。说四言八句是即兴之语，说的人得有点文化才行，比如"主人房子四四方，又装财来又向阳。来的都是八方客，百世顺心六畜旺。老的安享儿孙福，娃儿读书题金榜。金子银子撮箕撮，苞谷谷子大仓装"。遇到办喜宴的人家，说这样的一段四言八句添喜，还能得主家的打赏。大洞河乡与黔北相邻，曾有民间歌舞仡佬傩戏、盘歌，但失传已久，已被人淡忘了。旧时的民谣还有流传，都是警醒后人的，比如"男打单身好吃亏，得把米来罐罐煨。手忙脚乱罐打倒，鼻子眼睛都是灰"，又如"闲来无事说古今，士农工商总要勤。天下耕读最为本，嫖赌贪懒害死人"。民俗文化像生生不息的野草繁盛在乡野，丛生在绵密而清冽的时光。

　　喜逢盛世，大洞河乡迎来了开天辟地的新时代。脱贫攻坚推开了山门，敞开了山路；乡村振兴敲响了金鼓，吹响了银号。美丽乡村建设绘就大洞河乡的新画卷。最宜居的环境，最淳朴的民风，最迷人的风光，最康养的生态，过去的山旮旯成了现在的休闲度假地。在与世无争的山野之

▲杜鹃花节（代君君　摄）

间，消夏避暑，休闲度假，或长住度假村、农家乐，或留宿客栈、民宿，执一盏好茶、看看风景、吹吹凉风、尝尝美味，把所有的忧愁与烦恼放下，让身心沉醉在这青山鸟语的世界，除了惬意，别无其他。可以在红宝度假村闻风听雾，登赵云山，追随风车顶天立地的身影，饱览绵延山脊的云锦杜鹃，鸟瞰黔北渝南千山蜂拥、万峰竞秀的奇观，浩浩凌云之志油然而生，超超飞逸之思翩翩而起。或出大洞河风情小镇，爬大佛岩，

·诗意大洞河·

寻觅佛影梵音于隐隐之间，感悟天地同泰于冥冥之中，草藤花树性灵曼妙，峭岩奇石变幻莫测。或走进穆杨沟古村，踩在石板路上，触摸那年代久远的石墙，用步履丈量时光的痕迹。或走进大洞河，看沟壑洞天幻化着无限的宁谧，断崖幽潭蕴藏着无尽的生机，黄金谷尘封着传说，无底洞流淌着故事。唯有放下悲苦的人可以洗心，唯有放下得失的人可以怡情。这是大地对大洞河乡的恩赐，绵密而清冽的时光织出一匹匹人间的彩锦，就连20世纪六七十年代建造的干打垒也成了乡愁的纤绳，在旧时光的码头，有着那一代人追星逐月的感动。

行走在大洞河乡的山水间，山泉潺潺，淙淙的水声回应着蛙声和鸟鸣。溪水除了在雨季发点小脾气，其余时间都低调如笛孔漏出的牧歌，让人心荡神驰，思绪飞扬。山歌适宜在花蕊中居住，让总是蜷缩在村头或地角的栀子花一夜之间怒

▲高山农家乐（唐春光 摄）

▲糊豆鲊的匠人（胡建忠 摄）

放。站在树梢的喜鹊像一打坐的禅僧，和云端的天蓝静静沟通，忽而像喧闹的小孩和村舍的欢悦交相辉映。气候有来路，也有归宿，谷雨到来，再冷的天气都会走远。晚秋的时候，再落下三五片黄叶，一棵老银杏树就简洁到了悲凉，树叶飘零了，树也流泪了，本相约一同老去，是风改写了剧情。在时光的远岸，仿佛有人曾经从大佛岩下骑马而过，划破了山野的静默。至艰时，这里的有些事物让人不至于绝望；至暗时，这里的有些景象让山野不至于那么黑。大洞河丰饶的土地上，梦想和希冀生根拔节，生生不息，钟情民生，纵情山水，慢慢地，你就是一个干干净净的人。

岁月的手，无声地濯洗穆杨沟的每一扇窗，青翠或苍黄，依然是窗外的风景。绵密而清冽的时光，以祝福的方式把大洞河交给了你，每一处人间烟火和风情气韵都亘古如新，每一座山峦都披上了幸福的衣裳。谁都愿意，被大洞河淳朴的民风感染，被清冽的时光眷顾。（文/郑立）

去大洞河的
山里走走

罗雪（米线儿）

　　与大洞河相遇，是在繁花盛开的五月，海棠带醉，杜鹃纷至沓来，我们站在一汪碧绿的海洋里，携手三千里云和月，看尽大洞河山山水水。

　　那是一个俏丽秀气的身影，摇曳在武隆与世隔绝的山峦之中，它不被人工雕琢，不被世俗污染，遗世而独立。

　　驱车行至山中，微风幽幽而来，略带寒意的风穿身而过。

　　赵云山海拔极高，云海翻滚。站在高处，纵览千年杜鹃花点缀山野，花朵硕大挺拔，在阳光下尽情绽放，在轻风中左右摇曳，淡淡的花香蔓延山间。

　　天空碧蓝如洗，山峦高远辽阔，鹰击长空，百鸟齐鸣。

　　春花繁茂，夏风凉爽，秋云缭绕，冬雪压山，赵云山四季美景，可谓壮观。

▲白云深处（唐春光 摄）

巡山而宿，依山而居，山野风情，少不了当地人的热情。

"故人具鸡黍，邀我至田家。"

至店中，民宿老板热情相迎，两层小楼干净雅致，临窗可见群山，可赏美景，民宿内书籍、茶具一应俱全，一曲悠扬平地起，泼得此间茶香四溢。

农家小菜上桌，竹笋炒腊肉、红烧土鸡、玉米煲排骨、炝炒青菜和现磨豆花……

食材用柴火烹饪而成，味道保留了野菜与肉质原始的清香；竹笋刚从大山挖回，清脆爽口；米饭用竹笼蒸煮而成，可谓上佳；自酿的野生天麻酒，入口甘烈，回味绵长。

虽不似山珍海味，味道却可与之媲美。

酒足饭饱后，于青山绿水间，闲聊家长里短。正午阳光温暖和煦，同行友人倚坐摇椅，晒着太阳打起瞌睡。老妇人取出鞋底做布鞋，孙子在旁边安静陪伴。

山风拂面，胜似歌吟，鸟儿长鸣，正是春花香满园，好一派田园静谧风光，俗世名利、荣辱得失全如过眼云烟。

小憩之后，叫醒友人徒步游山，翠绿的庄稼在风中摇曳，一条清澈的小河从弯弯的桥下穿流而过，雨季时，河水漫过小桥，又是一番景致。

一处房子，依山傍水而建，鸭鹅在水中戏水浅啄，家鸡遍野歌唱。青草的清香味混合花儿的香味，蔓延在木头房子周围。一排排杉树在春风中茁壮成长，嫩绿的芽儿是新生的希望。

远山如黛，暖阳爱抚，当我们走进山里，瞧见"暖暖远人村，依依墟里烟"，凡尘已驻了心间。

"枯藤老树昏鸦，小桥流水人家。"古老娴静的木屋守望着故土，把岁月刻在木头板上，将年轮浇灌在猎猎青瓦之间，一排排竹林成为老木屋最忠诚的伙伴。

一座石磨闲置在木屋边，它曾是主人打磨食物的工具，是古老器具的延续，是旧时光里永远不会褪色的童年记忆。他经历风雨，逐渐老去，它是这片大山里最古老的精灵。

田埂边，偶遇除草的村民，她背着竹篓拿着镰刀对我们微笑，鬓发斑白，精神抖擞。

她身后是庄稼与稻田，是层峦叠嶂的大山与葱郁繁茂的森林。她可能出生在这里，也将会在这里老去。她是质朴的乡村妇女，也是大山一批又一批的养育者。

小道如绿毯，芳草碧连天，曲径通幽处，别有天地是人间。

走进大洞河深处，见到了护林工。他坐在一条木头板凳上抽旱烟，斑白的头发有些凌乱，褐色的

外衣已经泛白，脚上的农用胶鞋却格外干净。他又高又瘦，佝偻着坐在板凳上不说只言片语，只憨憨地笑，偶尔对我们的问话点头应答。

他居住在老旧的木屋里，与家犬、山羊、蜜蜂为伴，一辆摩托车是他与外界交往的唯一交通工具。他同我们说话时，腼腆而局促，显然鲜少见到陌生来客。

春天已至，便是风吹草低见牛羊的景致。土地是青草的养分，青草是牛羊最天然的食粮。蜜蜂固执地在田野上盘旋吟唱，劳作在盛开的花

▲竹笋采摘季(唐春光 摄)

蕊之间。勤劳赋予它们的是甘甜营养的蜂蜜，是醉人入梦的情长，是梨花春雨如江南的浪漫。

蜜蜂的生命是短暂的，它们走不完春夏秋冬，亦看不了四季景色，它们在五月的繁花间奔波忙碌，采撷最新鲜的花粉酿造最上等的蜂蜜。而蜂蜜，是大洞河独有的高山特产。

行至腹地，入眼是清澈见底鱼儿浅游的堰塞湖，木桥上青苔葱郁，隔岸蝴蝶蹁跹，野花挂满树梢。鸡尾山地质公园寸草不生，山石坚硬有力，与绿意盎然的堰塞湖形成鲜明的对比。

山里茁壮成长的生命，都是大山吟唱的四季风雨。我们置身其中，成为山的风景，让山的气息洗涤我们身心的疲倦与污浊，纵使久在樊笼里，终是复得返自然。

春光如锦，大山把爱浓缩成一汪浅浅的清泉，滋润着大地，孕育着生命。

黄昏落下了帷幕，我们驱车在大佛岩赏落日。

偌大的圆球从天际落下，染红了山峦与树木，流光溢彩的晚霞铺张开来，美的不可方物。

春风乍起，杜鹃花落，无法忘记在山野里的闲庭信步，在残花和落叶上行走，呼吸新鲜的空气，吐纳内心的烦愁。倚窗把盏，把心意传递给大山，把浮躁留给沧海。

大洞河的居民似乎早已避世而居，不再过问世俗之事，我们无意闯进他们的世界，至此，便爱上了他们的容颜与平凡幸福的生活。

一方山水养育一方人，一座山的精魂可以让你的脚步停下，成为你短暂或永久的落脚地。

不去在乎凡尘俗世，抛开生活的禁锢，拿起简单的

▲晨辉花艳（唐春光 摄）

行囊，来山里住几天吧，住在森林里，住在小河边，住在木头房子里，你会发现，天空的美，大山的美，灵魂的美，生命的美。

这样极致的美，我也只能用简笔书字，细笔描画，用歌作曲，把春天的灿烂千里邮寄。

如果有一天，你要来看我，我定带你到大洞河的山里去走走。因为，那是人间的大洞河，是我们心中永不颓败的田园之乡。

（罗雪，女，系重庆作家协会会员）

▲大洞河风情小镇（王俊杰 摄）

旧梦中那些逝去的"窝"

————┥黄藏亿

　　尘缘如梦。不管是宿世的还是今生的各种缘分，都有飘散的时候。比如被武隆人叫作"窝"的居住之所，就实在不算坚固，其材质和形状，以及与其相关的民俗文化，都随着时间的流逝化作了一抹烟云，也成了

让人隐隐作痛的记忆。这种痛，在大洞河乡民身上更显得真切、深刻。

从前较长时期里，大洞河的不少乡民因为太贫寒，只能居住在岩凵（qiǎn）里。这种岩凵是岩石往里凹陷而在岩上形成的帖岩凹块，可以让人休憩、遮雨、遮阳、避风。过去一贫如洗的穷人，住岩凵的不少。后来随着生活条件逐步改善，多数人也开始建房。

可是随着城市化的潮涌，传统的乡间民居，逐渐成了画布里的物事，成了一种乡愁。

那些影影绰绰的房屋，你们还好吗？

大洞河乡民的传统房屋往往有"院"（三合堂、四合院）、"寨"、单家独户三种。院，并非通常意义上的院落，即房屋前后用墙或栅栏围起来的空地，其实是一种规模较大的聚落，由同姓或者异姓的若干家人聚集而居。这又有三合堂和四合院之分。三合堂就是一个屋基上三面围合、一面敞开的院子，俗称"撮箕口"；而四合院顾名思义就是四面围合的院子，俗称"印子屋"或"四水归堂"。四合院院大门这一面，也不一定非得建房屋，也有砌一面围墙的。三合堂、四合院这种院子如果体积较大，往往称为"大院子"。它是一个比较大的社会聚落，人们共同生活在一个场所，既便于劳作上互相帮助，即"转活路儿"，也利于生活上守望相助。同时，各家各户的情况彼此都清清楚楚，看似相对封闭的聚落实质上彼此生活的基本面都是开放的，居民很少有自己的私密空间，往往一件小事也会牵动整个院子的神经。所以，一个具体单元与个人的问题，就成了院子里大家的问题，共同体精神自然就生长了起来。这种聚落环境里，院子里往往很热闹，人间烟火气特别浓。彼此关心，彼此相扶，气息相通，命运与共。这与如今城里人门对门都互不相识有着天壤之别。

寨，是更大意义上的聚落环境，最初往往还带有军事防御功能。如"焦王寨"，防守堡垒、岗亭哨卡这些军事设施与普通居民的居住房屋连为一体，形成一个更为封闭牢固的生存空间。大洞河乡这种山险水密、地势险要的地方，适合建造寨堡。大洞河乡和临近的乡镇从前寨堡很多，以至于口语中描述某样东西很多的时候，就叫作"寨寨"，如"我好话给你说起寨寨，你硬是不听"。

大洞河乡这种到处都是"剐坡坡"和悬崖陡坎的地势，地无三尺平，最适合的建筑还是单家独户。单家独户并不完全是单体建筑，往往是主体建筑和附属建筑、建筑小品组成一个既相互关联但又不连接的相对开放性建筑群落。主体建筑一般为一楼一底三大间，中间为堂屋，主要用于宴客和供奉"天地君亲师"牌位。有的家庭堂屋往往不设楼层，有的即使设楼层，也只是设半边，要把香盒神龛所在那半边空出来。堂屋两边各有一间房屋，叫"小二间"，其实空间一般与堂屋一样大，用于作"歇房"（卧室）或者"火塘"（冬天烤火用）。歇房又分客房和房主主居室。主居室称为"房圈"（读作 huáng quān），必须在更隐秘的部位，往往在歇房的楼上，或者歇房被间隔出来的最里间。火塘，是在房间的地上挖一个浅坑，四围用石条嵌合，用于烧"疙蔸火"。冬天人们往往围着这个火塘，天南海北吹"王百六"（即摆龙门阵、闲聊），同时，火塘上边楼辐上往往会吊挂一个寸钩（长铁钩），寸钩上挂一个鼎罐，里面放腊肉、米豆之类的食物，龙门阵摆得差不多了，肉也被炖熟了。

堂屋和小二间的房屋一字排开，称为"楄（pǐn）排"。共用一个屋脊，称为"一瓦顺"。但一个家庭，光有这点房间还是不够的，因此，往往会在这个主体建筑的一头，接着建造两间房屋，但这两间房屋与主体建筑会形成一个转角。这样，整栋建筑就成一个"丁"字形。转角处的外墙壁称为"间壁"。这两间房屋，往往根据实际情况作为灶屋（厨房）和仓房，总称为"环房"。有的还会根据实际地形，在小二间后边顺着歇山顶再搭建一间小屋，叫作"后道儿"，一般也用作灶屋，而出口即"后门"。来不及建厢房（环房）的，也有在主体建筑一头搭建一间斜顶小屋，叫作"搭偏偏儿"，但忌讳两头都搭建，那叫"披肩房"，形同一个人"戴孝帕"，据说会让家里频生悲哭之事。

在人居住的房屋之外，还得选地建猪圈（也同时用作茅厕）、牛圈、灰屋（用于堆放农具和农家肥），而鸡圈、兔圈体积较小，往往就是搁在前边这些建筑的屋檐下搭一个木架子，并不用土石砌筑。有的家庭还会在这些建筑之外一定距离围合一圈"垣垣（yuán yuán）儿"，即院墙。这样，一个单家独户，也会相对自成体系形成一个比较独立的生活场所。一棵花树，既可能开放成院内的故事，也可能零落成墙外的梦呓。

大洞河乡的传统民居，如果从房屋顶的用料来分，这些建筑有草房、瓦房；如果从墙体材料来分，这些建筑则有土墙房、石墙房、板壁房（木板房）和砖房。

砖房房顶基本不会覆草，而是覆瓦，所以常常称为砖瓦房。砌筑样式也有"二四墙"和"一八墙"，这都是经济条件比较好的人家才能盖的房。土墙房、石墙房、板壁房都可以盖草，在过去这样的房屋几乎遍地皆是。在实用上虽然安全度较差，但在审美上却充满了诗情画意。因为草（干谷草、麦草、茅草）比较柔软，可以随物赋形，所以房屋的任何一个造型，都可以覆草顶，这能最大限度地契合地形条件、周边自然环境。一幢幢草房，掩映在绿树红花中，具有极强的生命灵动性。尤其是下雨天，

淅淅沥沥的雨滴打在草房上，那种雨滴"噗嗤噗嗤"被吸收的声音，非常具有质感。所以古人才有"竹篱茅舍风光好"的赞叹。

能盖瓦房的，当然是经济比较过得去的了。由于瓦片本身也是泥土烧制的，再加上半凹圆的造型，自然就与周边环境相协调，不像如今的那些钢筋混凝土建筑生硬呆板。瓦房上飘出的缕缕炊烟，好像一个个婉约的歌者优美的声线。

大洞河从前的土墙房，都是就地取材，用比较细密的、干湿适中的小黄泥土版筑而成。有些地方比如挨着的白云乡用冷沙土版筑，但一定不能用扁沙（即风化石形成的沙土）这种孔穴和透水性较大的泥土筑墙，也不能用涵水性、糯性（黏稠性）强的泥土进行版筑。小黄泥土版筑的墙体，不易喳裂，比较紧致，安全性比较好。

石墙房，俗称"胡豆砟（zhǎ）"。在大洞河乡一般是用龙骨石（石灰石）砌筑的，石头也是因地制宜直接取用，或是用钢钎二锤打制。大洞河乡到处都是山石，山体也是龙骨石，龙骨石砌筑的房屋自然就与环境融为一体。如今在百胜村穆杨沟层层梯田边，还集中保留了很多石墙房，引得重庆、涪陵、南川等地的人们纷纷来此寻找他们的诗与远方。

土墙和石墙房墙体都很厚，具有防寒和抗晒的作用，因此冬暖夏凉。一般也不会乱开门窗，除了堂屋正门稍微宽敞一点外，大门两边和其他房间的窗牖（yǒu），都较小，因此屋内往往黑洞洞的，不如今天的房屋采光好。

房顶往往只是覆一两片"亮瓦"用于采光。土墙还有一个"诗眼儿",就是墙眼儿。那是版筑过程中,因要加固墙板(夹板),故在墙体上等距离凿出的一些搁置圆木棒的小洞,当墙筑好后,这些木棒抽出,自然就留下了这些透光的小圆孔。这些圆孔不但利于房屋呼吸,也成了自然精灵麻雀们最好的藏身之所。飞来飞去的麻雀,一天叽叽喳喳欢叫不停,再怎么沉寂的山沟沟或者野坡坡或者背垮垮,都会显得热闹有生气。这

▲长桌宴请八方客(唐春光 摄)

种动静相间的美学效果，是乡民们建筑房子时没想到的。在大洞河，麻雀的叽叽喳喳和燕子的细语呢喃，构成了田园农村中最动听的交响乐。

土墙房修建过程中，对毛糙的墙面，需要专人用"泥爪儿"（亦称"墙耳巴子""牛耳巴"）即原木制作的像手掌一样的工具进行拍打和抛光。那种"啪啪啪啪"的响声，其实就是一种具有野性的音乐节奏，听上去振奋人心。

一面一面的土墙，怎样才能互相支撑而不至于"分崩离析"呢？乡民们也有智慧，那就是给土墙装上"墙筋子"，亦称"圈梁""壁筋子"，即将竹篾条嵌进墙体里，增加牢固性。

土墙、石墙房子，有时会因地形，造一面"懒墙"，即将山体或者矸子作为房屋墙体的一段。石墙的外墙多是不加粉饰的，而是用石灰平凹或者外突地勾缝。这样完全由石块本身的形状勾出来的缝，就像壁画或者远古象形文字，煞是好看。

大洞河的板壁房，是用实木板和实木梁柱建造的房子。在今天看来，好像很有诗意，也很环保。但在从前，却是经济条件比较差的家庭就地取材的建筑，聊可居住。板壁房墙体比较薄，何况从前也无条件像现在这样将木板做的严丝合缝，因而御寒功能比较差；同时，日晒雨淋，也容易腐烂，并且防火功能较差，因而寿命没有土墙、石墙房子长。不过，整体上异常牢实，因此在防震上是从前的农村建筑中最好的。

那些奇奇怪怪的建筑，它们还在吗？

大洞河乡间的房屋从形制上看，还有"虚楼""暴天儿""挑楼""天楼""地楼""走楼"等。武隆属亚热带季风气候，温暖而潮湿。人们为了适应悬崖陡坎这种地理环境，就在坡地和高坎下打上一些竹木桩子，再在上面盖房子。上面住人，下面喂畜生。这有点类似湘西土家族的吊脚楼。这种建筑由于楼下是空的，故名"虚楼"。很多土木结构的民房，建造时将面朝大坝子一面的墙体后移几米，而两头的墙贴着阶檐；但楼上的楼板与整幢建筑的两头墙体齐平。这实际就是当门一面楼下的墙体朝里凹进去了。这凹的空间既是娱乐活动区域，也是晾晒粮食、宰猪草甚至"办席"的区域。这种建筑就叫"暴天儿"。"挑楼"就是悬挑在墙上的一个木走廊，其宽度以不超过房屋滴水为界。"挑楼"一般是在二层楼的外墙上，偶有很高的碉楼的高层上，也会有挑楼。这是农民为充分利用建筑空间而进行的创造。"天楼"即从前的"楼上楼"，是在主楼上再搭一层简易的楼，大概位置就在房子"穿尖"开始的高度。那是为了最大限度地利用空间，多数时候是为了储存洋芋、粮食，偶有堆放杂物的，有时也用于住宿（当客人较多，歇房不够住时，或主人家自己临时住）。这个天楼相当于江浙闽粤一带的"阁楼"，这与现代水泥楼房（平顶房）房屋顶层的楼面的这个"天楼"不是一个概念。"地楼"是在房屋离地一尺左右搭建的楼层，目的是防潮。实际相当于今天钢筋混凝土房屋地面上的加高层（隔空层）。"走楼"是吊脚楼上的走廊或者一般石墙、土墙房子底楼墙外搭建的走廊。房屋内的廊道不这样称呼。这种种造型，协调地聚集在一起，简直就是一部动听的乡间交响乐。

那些环环相扣的建房流程，它们还有吗？

大洞河乡各式各样的房屋，都有各自的建造流程。基本的流程：选地形—收木料—海屋基—建房子—搞装培。

选地形。在建房的整个过程中这是最基础的也是最被看重的环节。在大洞河，人们认为屋基风水的好坏会很大程度决定这个家族是兴旺发达还是长久萧索。所以民间对于一个家族的盛衰，往往会评判为"屋基所出"。

选地形有很多程序和讲究。主家自己要有一些常识，绝对不能把房子建在"剐坡坡"亦称"㟲坡坡(nia piǎn piǎn)"上、沙崀崀上、石谷子（全是小石的地方）上、石圪脑儿（乱石成堆的地方）上，也不能建在山脊（山梁梁）上，或者山坳上，更不能建在窝㟲㟲（dàng dàng）头。所谓"人坐坳，鬼坐㟲，背时人坐梁梁上"。其实这些地形的一个基本特点就是"砂飞水走"，不能聚气。接下来是四处打听，看哪里能找得到精通五行、手艺"过梗儿"（过硬）的先生。访得后，就要带上重礼去恭请并许以重酬，让其认真考察周围环境，弄清楚附近地形，挑选屋基的合适位置，期间还有很多地质研判的过场。选定一个即便不能大富大贵，起码能保证东家丁口平安、衣食无忧的地形后，就要牵线钉桩，即确定好四至界限、房间排列、字向所出等，并选定好动土开工的吉日。

收木料。无论土墙房、石墙房、木板房，还是砖房，都要用数量不少的木料。因此，建房前就要根据规划把楼辐、楼板、桷子、檩子、挑梁、柱头，甚至搭跳（脚手架）所用的木料收好，就是去批手续和进山林砍伐及锯切、解割木料。这些木料基本晾干后，才能用。

海屋基。土话"海屋基"，即场地开挖和基础夯砌。这要按照地理先生最初帮着规划的图纸，用比较大而坚固的石头，把房子的地基打牢实。所谓地基不牢，地动山摇，因而这一步很关键。

建房子。这也需要先看时辰。按着时辰请起"活路儿"。房子开工建设后，就会有人陆陆续续来"送

▲石墙民居（唐春光 摄）

菜"，即送来一些粮食、蔬菜甚至肉食，表示朝贺和祝福。一个人为人好不好，也是看你"活路儿"叫得动不，"送菜"的人多不。绝大多数情况下，淳朴的乡民们也会看在邻里邻居的份上，都会来"转活路儿"和"送菜"。

建板壁房（木板房、树立房）的过程中还有许多"过耳市场"，既有请鲁班仙师的，也有祷祝土地等神仙的，还有娱乐观众的。土墙房建造中，还有一个插曲叫"歇墙"。因为泥土本身比较软，急火火地建造，其稳固性就存在问题。为了使墙体干硬一些，往往版筑到一层楼高度，刚把楼辐安好后，就要"歇气"一段时间。等墙体"干水汽儿"后，才复工。复工时，往往又是亲朋好友"送菜"的高峰期，复工的第一天，一般也还要办酒席，以示答谢客人和庆祝复工大吉。

搞装培。无论何种房屋，外架子竣工后，还有一个重要程序就是内装培补，即内部装修和附件补建。内装主要有七点：一是"打地坪"，亦称"砍三合土"，即用石灰、黏性好的泥土、河沙三种材料搅拌成砂浆，倾注在地坪上后，再用木板侧棱使劲夯打（"砍"）。三合土其黏性和"干结"后的硬度以及压光后的光洁度都很好。二是"粉糊墙壁"，亦称"上灰"，从前一般用的是石灰。三是"打灶"，这既需要合理规划灶房和精准选择灶位，也需要专门的师傅。与主家有缘手艺又好的师傅，打的灶就比较"吹火"，烟囱排放通畅，火肯燃，火力好，煮饭炒菜都好吃。四是"镇楼"，就是铺装和钉扣楼板，楼板间接榫合缝，并通通牢牢钉在楼辐上，不会"阕（xie）牙裂缝"。五是"打行礼"，即做家具。这个往往动辄一个月以上，要好酒好肉把师傅堪待好，"师傅钱儿"也要到位，不然木匠师傅扯起靶子来也够主人家喝一壶的。六是水缸（过去基本是石水缸）的打制和安放。七是火塘和红苕坑儿的安排与挖制。火塘前边已有提及。这红苕坑儿就是在选定的房间地上挖出一个深坑儿，冬天用于储藏红苕，因为室内的这个坑具有保温作用，不然在奇寒天气下红苕就会坏掉。

附件补建主要有：一是地坝的平整。一般也是"砍三合土"。地坝主要作晾晒粮食、小孩玩耍、办酒安桌、聚会聊天之用。一个家庭的地坝是三合土地坝还是土地坝也是其经济实力的体现，是一家人的面子。二是前后阳沟（亦称檐沟，即排水道）的开挖、布局和整理。三是狗狗等小牲畜居所（圈）的安排。四是门路的培补、梯坎的修砌。五是院墙的布局和砌筑。如果是一个相对封闭、自成体系的院落，则院墙上的大门就是整个院落的进气口，这还有很多风水上的讲究，需要专业人员助力。

在滔滔流过的历史河水中，大洞河乡民沉沉浮浮了很多爱和恨。但生于斯长于斯，他们对这方土地有着无限的眷恋。如今般般物事成了袅袅轻烟，黄发垂髫也都不过匆匆过客。历史转过身时，连一声"再见"都没有。那些炊烟、那些鸟鸣、那些丝竹、那些乡音，都在拨动着人们内心深处的柔软之处。那个一碰就可能掉落的愁情烦绪，它叫作乡愁。所有泥土的气息，在城市化浪潮中，都成了一缕幽香，如今飘散在了深深的旧梦中。大洞河啊，我们的"窝"在哪里？我们的归处在哪里？

（黄藏忆，男，系西部散文学会会员，任《武隆教育》杂志执行主编）

唱响大洞河

洞河之恋

演唱：徐登辉

曲作者：徐登辉
词作者：徐登辉

1=C 4/4　♩=108

```
3 3 3 3 6  5 6 | 7 - - - |  3 3 3 3 7  5 7 | 6 - - - |
赵云 山下我 的 家，       家中有个少 年 娃。
从小 我在这 里长 大，     在这里生根发 芽。
```

```
6·  5 6  7 | 2  3 2 2  - | #4 #4 #4 #4 2 3  #4 | 3 - - - ‖
人 生路上 摸 爬滚打，     陪着我的爸爸 妈妈。      D.C.
幸 福绽放 希 望之花，
```

```
[2.] #4 #4 #4 5 6 6 6 7 | 5 3 3 - - | 3 3  3 5 6 5 4 | 3 - - - | 3 3 3 3 6 7 2 3 |
带着嘱托 伴我走天 涯。      爸爸 呀妈   妈，       你们 将我养 育
```

```
2 7 7 - - | 7 3 3 3 3 #4 | #4 7 6 5 - | #4 6 7 2 #4  3 2 | 3 - - - | 3 3  3 5 6 5 4 |
大。      一辈子为 子女 不容易，    血汗换来吃 喝拉 撒。      大洞 河我的
```

```
3 - - - | 3 3 3 3 6 7 2 3 | 2 7 7 - - | 7 3 3 3  3 #4 |
家。       河水 将我哺育 大，       多情 的土 地
```

```
#4 7 6 6 - | 6 6 6 6  5 6 | 7 - - - | 2  2·· 2 7 |
一 草一木。  魂牵梦绕全 是 它，       大洞 河
```

```
6 7 - - | 5 3 3 - - | 3 - - - ‖
我 的       家。
```

约定

演唱：徐登辉

1=C 4/4　♩=88

曲作者：徐登辉
词作者：徐登辉

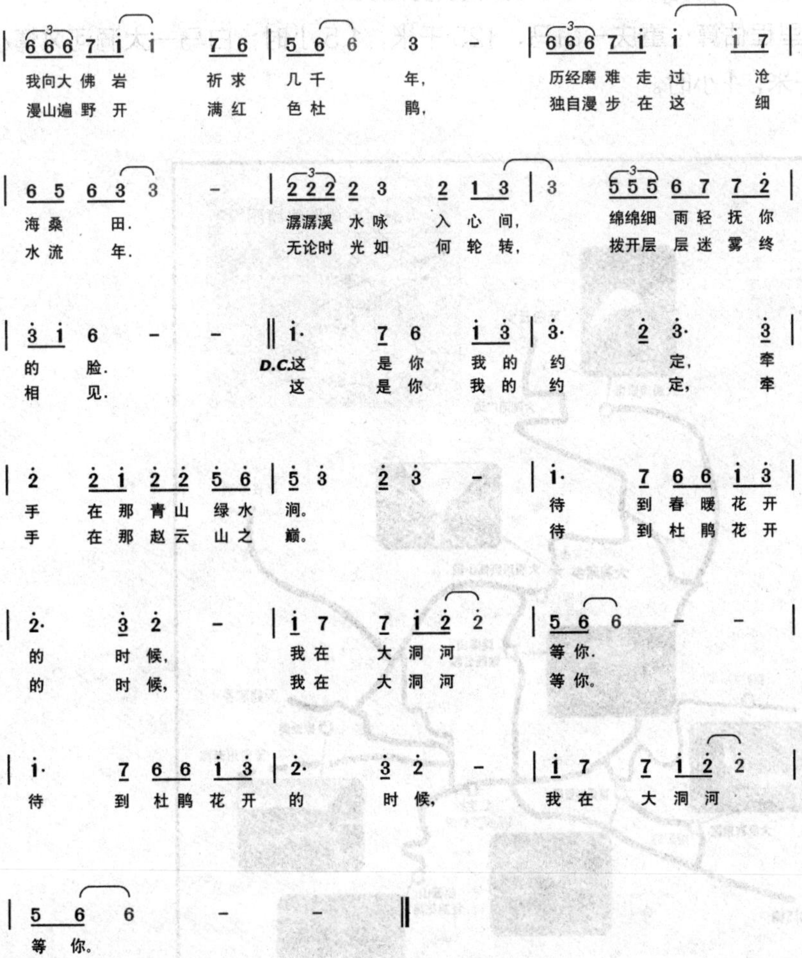

（简谱歌曲）

我向大佛岩　祈求几千年，历经磨难走过沧
漫山遍野开　满红色杜鹃，独自漫步在这细

海桑田.　潺潺溪水咏入心间，绵绵细雨轻抚你
水流年.　无论时光如何轮转，拨开层层迷雾终

的脸.　（D.C.）这是你我的约定，牵
相见.　这是你我的约定，牵

手在那青山绿水涧。待到春暖花开
手在那赵云山之巅。待到杜鹃花开

的时候，我在大洞河等你
的时候，我在大洞河等你

待到杜鹃花开的时候，我在大洞河

等你。

⇨ **附录**

（一）大洞河乡旅游线路及导引

1. 重庆主城（上包茂高速）—经南川区—武隆区白马镇（下包茂高速）—经武隆区长坝镇—（鹅冠村，在S411省道与X254县道交叉，进入X254县道）—武隆区白云乡—大洞河桥头（大洞河乡与白云乡交界处）—大洞河乡风情小镇—大洞河乡红宝度假村—大洞河乡百胜村居民点

里程估算：重庆—白马，125千米，1.5小时；白马—大洞河风情小镇，35千米，1小时。

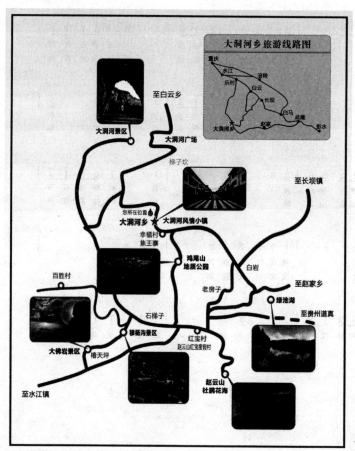

◀导游图

▲首届乡村旅游季（张晓伏 摄）

2. 重庆主城（上包茂高速）—经南川区—南川区水江镇（下高速，进入南川水江镇乐村）—大洞河乡百胜村"15千米处"—大洞河乡红宝度假村—大洞河乡风情小镇—大洞河桥头（大洞河乡与白云乡交界点）

里程估算：重庆—南川水江镇，95千米，1.2小时；南川区水江镇—大洞河百胜村"15公里处"，55千米，1小时。

3. 境内主要景点互通线路：

（1）大洞河桥头—大洞河风情小镇，40分钟。

（2）大洞河风情小镇—鸡尾山地质公园，10分钟。

（3）鸡尾山地质公园—红宝度假村，10分钟。

（4）红宝度假村—赵云山杜鹃花海，15分钟。

（5）红宝度假村—穆杨沟梯田（观景台），5分钟。

（6）穆杨沟梯田（观景台）—穆杨寨农耕文化园，10分钟。

（7）穆杨寨农耕文化园—大佛岩，15分钟。

（二）旅游度假接待户一览表

武隆区大洞河乡乡村旅游接待户基本情况表

| 序号 | 接待户店名 | 法人姓名 | 地址 | 联系电话 | 住宿接待 | | 餐饮接待 |
					客房数（间）	床位数（张）	餐位数（个）
1	幸福驿站	徐大明	大洞河乡幸福村茶园堡	17702393753	16	32	
2	祝福旅店	徐光友	大洞河乡幸福村茶园堡	17749952497	13	28	200
3	溢满居餐馆	杨运珍	大洞河乡幸福村茶园堡	023-77759540	6	14	30
4	颐馨公寓	杨 美	大洞河乡幸福村茶园堡	18225285692	7	15	30
5	民生餐馆	徐明生	大洞河乡幸福村茶园堡	15213330208	5	8	30
6	聚贤公寓	徐明亮	大洞河乡幸福村茶园堡	15002369181	5	7	20
7	官成农家乐	李官成	大洞河乡幸福村茶园堡	15123677068	13	26	50
8	幸福农庄	王 莉	大洞河乡幸福村茶园堡	18423402598	45	90	300
9	茶园堡农家乐	叶天文	大洞河乡幸福村茶园堡	13648491190	5	10	30
10	武隆区莲俊农家乐	张建明	大洞河乡幸福村茶园堡	18996851758	19	34	60
11	百合园农家乐	蒋明娟	大洞河乡幸福村茶园堡	13658458586	15	30	100
12	桃园山庄	张宇梅	大洞河乡幸福村梯子坎	18225181449	6	13	50
13	徐大香农家乐	徐大香	大洞河乡幸福村鱼泉组	15023905534	8	16	50
14	杨现平农家乐	杨现平	大洞河乡幸福村鱼泉组	13896657278	10	20	80
15	兴福农家乐	袁兴福	大洞河乡百胜村春天坪组	13996885468	9	20	50
16	黎袁农家乐	黎贵伦	大洞河乡百胜村春天坪组	13452527832	22	50	80
17	大梁子山庄	顾卫中	大洞河乡百胜村春天坪组	13996885363	31	60	100
18	茶花山庄	许元功	大洞河乡百胜村春天坪组	18983481677	60	120	300
19	大佛岩2号农家乐	李安梅	大洞河乡百胜村春天坪组	17726200332	40	80	200
20	穆杨沟8号农家	杨 林	大洞河乡百胜村春天坪组	13896798278	5	12	30
21	阅崖庄酒店	谭云峰	大洞河乡百胜村春天坪组	13996804005	10	20	60
22	山里头餐馆	覃海红	大洞河乡石梯子组道班	13676852072	10	12	60
23	聚闲山庄	郑 雨	大洞河乡石梯子组道班	15310134096	32	70	100
24	惠丰园	曹均良	大洞河乡百胜村春天坪组	18983761283	20	40	100
25	武隆区仲碧农家乐	罗光碧	大洞河乡红宝村长兴组	13983341823	6	12	20
26	勇军农家乐（刘禹）	罗 霞	大洞河乡红宝村长兴组	13500350195 17725046399	50	100	300

序号	接待户店名	法人姓名	地址	联系电话	住宿接待		餐饮接待
					客房数（间）	床位数（张）	餐位数（个）
27	云上人家	朱洪燕	大洞河乡红宝村长兴组	13667626888	12	19	100
28	武隆区友会农家乐	徐光会	大洞河乡红宝村长兴组	13896611315	4	8	20
29	武隆区松山农家乐	罗大英	大洞河乡红宝村长兴组	15223895215	6	11	20
30	武隆区成芬农家乐	张 洪	大洞河乡红宝村长兴组	15223894971	5	9	20
31	覃俊豪农家乐	覃中良	大洞河乡红宝村长兴组	13648476226	5	12	20
32	岩壁花农家乐	罗光碧	大洞河乡红宝村长兴组	15923686029	6	12	50
33	竹海农家乐	白文芳	大洞河乡红宝村长兴组	13658469622	5	10	20
34	世轩农家乐	覃 江	大洞河乡红宝村长兴组	15123354833	6	13	20
35	氧园农家乐	熊龙全	大洞河乡红宝村长兴组	18983380568	6	13	20
36	极简农家乐	白里宏	大洞河乡红宝村长兴组	18323807008	6	13	20
37	久居农家乐	罗光勇	大洞河乡红宝村长兴组	13896752880	6	13	20
38	长芳农家乐	李长芳	大洞河乡红宝村长兴组	15826221653	6	13	20
39	英双农家乐	黄 英	大洞河乡红宝村长兴组	13896554355	5	10	20
40	武隆区朋聚农家乐	李飞虎	大洞河乡红宝村长兴组	13983869711	11	19	20
41	武隆区众云农家乐	罗大芬	大洞河乡红宝村长兴组	13101107999	6	12	20
42	武隆区洪芝农家乐	罗大芝	大洞河乡红宝村长兴组	15025651832	5	11	20
43	武隆区运兰农家乐	李运兰	大洞河乡红宝村长兴组	15025678109	5	10	20
44	武隆区古娟农家乐	杨昌文	大洞河乡红宝村长兴组	18225126079	4	8	10
45	武隆区贵发农家乐	白文华	大洞河乡红宝村长兴组	18323997921	5	8	20
46	武隆区艳德农家乐	黄兴田	大洞河乡红宝村长兴组	15823673501	5	7	20
47	武隆区永训农家乐	彭大林	大洞河乡红宝村长兴组	18716884328	5	7	10
48	武隆区红伟农家乐	冉光模	大洞河乡红宝村长兴组	15730706299	15	30	50
49	武隆区赵云酒店	李 琼	大洞河乡红宝村长兴组	13883326003	6	12	50
50	武隆区罗航农家乐	向开元	大洞河乡红宝村长兴组	13896773826	8	12	20
51	红昊兴火锅	吴 芳	大洞河乡红宝村长兴组	13594639519			200
52	此间小屋	罗 雪	大洞河乡红宝村长兴组	13668019066	6	7	
53	野山农家乐	佐国芳	大洞河乡红宝村铜鼓组	13996800623	16	32	100
54	力田农家乐	黄守余	大洞河乡红宝村铜鼓组	15860326988	10	20	40
55	众云农家乐	向开洪	大洞河乡红宝度假村	13274088099	6	12	20

后 记

　　大洞河乡，武隆旅游扶贫的一颗绚丽"明珠"！在文旅融合、农旅融合，全域旅游、全民兴旅的大格局下，美丽大洞河正成为人们心驰神往的最佳度假休闲、避暑纳凉的旅游胜地。

　　山水秀丽，这里亿万年来似乎从未改变；岁月更迭，这里短短几年就一派日新月异的景象，地质奇观与生态优势独具特色、惊艳世人，乡村旅游与脱贫攻坚深度融合、异彩纷呈，旅游项目如日中天，蓬勃兴起。

　　这里有看不尽的美丽画卷、赏不完的动人诗章。无论驻足溪流，还是远眺群峰，无论车行山道，还是闲坐农家，那些美丽的风景、怡人的乡居、可口的美食，抑或原味的民歌、神奇的传说、别样的风情，都洋

▲大洞河采风座谈会（任恒权　摄）

溢着动人的情怀与诗意。从初识这片土地开始，这样的情愫就感染着我们，这正是《诗意大洞河》出版的初衷，既有着对多年旅游脱贫的缅怀，也有对今日山乡生活的见证，更为世人走进生态原乡打开了一扇窗户。

　　大洞河这方水土之于人的印象，是与时俱进的。2013年以前，这里还戴着"特困乡""上访乡"两顶帽子，特别是"6·5"鸡尾山垮塌"后遗症"，使美丽山乡经历着巨大阵痛。当年，县政协驻乡领导率县委党校扶贫集团进驻该乡，以"委员传递正能量"的姿态，奏响大洞河畔"拔穷根""奔富路"的最强音。

　　面对贫穷的山乡、沉睡的资源、现实的窘况，突破口在何处？政协委员与扶贫集团开展联合调研，开出药方：念好"山字经"、做好"资源文"，发展乡村旅游与避暑经济。优美的自然风光、适宜的避暑气候，

▲作家大洞河采风（任恒权 摄）

吸引着避暑纳凉的人们蜂拥而至。随后，全乡以"清凉世界、秀美山乡"的特色乡村旅游被提上议事日程，大洞河风情小镇、红宝度假村、源乡1398、幸福农庄、茶花山庄等相继建成，同时硬化村社道路60余千米，整治产业公路40余千米，硬化人行便道40余千米，初步形成"一环一横"的乡村交通网络。惊喜的是，幸福村的果园、红宝村的中蜂、百胜村的田园，无意间成了"聚宝盆"。一条条水泥路纵横相连，一幢幢"小洋楼"错落而立，一片片小田园盈满诗意。昔日贫穷落后的小山乡，摇身一变成了领略乡愁的度假天堂。

游客多起来，却缺少文化供给。文化是最基础、最深沉、最持久的力量，大洞河乡村旅游亟须文化赋能，亟须提升内涵。于是，"农耕文化馆"开门迎客，"焦王寨广场"建成投用，"传说故事"结集成书，"杜鹃花节"连年"爆棚"，更有"乡村旅游季"、越野车挑战赛、观佛赏花摄影赛、中市两级主流媒体定点采访等活动相继开展。尤其值得一提的是，由区政协与市政协新闻中心联合组织的"诗意大洞河、难忘政协情"知名作家采风活动和区文联组织的数批次中市两级画家、摄影家、作家采风活动，让艺术家们体验了大洞河乡的自然风光和人文韵味。聆听脱贫攻坚战的精彩故事，寻找文化旅游发展的历史印迹，用不同的文学体裁，书写激情的文字，解读乡土味，讴歌真善美，传播正能量。著名作家黄济人、傅天琳、王明凯、向求纬、唐力、杨辉隆、强雯、周鹏程、文猛等几次到大洞河采风，并留下了宝贵的文墨，我们一并收录书中。黄济人还激情题写书名。

本书从旅游文化的视角，挖掘地域文化、历史文化、乡愁文化、民俗文化，将其分为"神秘大洞河""奇幻焦王寨""多彩赵云山""雄秀大佛岩""锦绣穆杨沟""悠然乡愁里"六章。每个章节以诗画作封面，以打卡指引为统领，再配以若干篇旅游散文，同时，章节页以诗配图的方式重点体现精华景观。

本书在编辑、出版过程中，得到重庆市政协新闻中心、武隆区委宣传部、区文联、区作协、区摄协等部门和单位的大力支持。对为本书兢兢业业辛劳付出的作家、摄影家及编著者，为本书提供素材和中肯建议的支持者，为采访工作提供帮助和协调工作的有关部门和人员，一并表示最诚挚的感谢！

由于本书成书仓促，编者学识浅陋，书中自有许多纰漏之处，敬请读者批评指正。

《诗意大洞河》编委会

2021 年 8 月